JN292948

千年の風

The Wind of the New Millennium

高橋佳子

Keiko Takahashi

三宝出版

千年の風

高橋佳子

目次

はじめに 12

第一章　試練のとき 17

苦しみは私を強くする風 20
苦界に播かれた種たち 20
歩けるようになるために 21
人生に目覚めるとき 22
狭くてもいい　小さくてもいい 23
「今」 24
川の流れ 25
平凡な風景の中に 26
大地を踏みしめよ 27
神とひとつになる場所 28
大切なこころはひとつ 29
神不在のしるしではない 30
変わることのない物語 31
見えないところで 32
忍土の定 33
「希望」があれば 33
神への道がはじまる 34
ただ念じて生きてみること 35
人間の光　人間の力 36

第二章　運命愛 39

冬の光 42
癒しの原理 43
重さを経験すること 43
限界の中でこそ人は永遠に触れる 44
神秘なる炎 44
運命愛への出発 45
何かをすれば何かが起こる 45
極まる光闇 46
痛みを通して開けは来たる 46
不思議の花 47
天上の美しさと地上の悲しみを 47
無限の連打 48
道 49
癒しとは創造 49
新しい扉を開く鍵 50
使命の物語 51

第三章　人生の星座　53

人生の星座　56
人生に無駄なことはない　56
宿命の光　57
神さまからの手紙　57
人生は受けることから始まる　58
本当に大切ないのちはひとつ　59
託された使命　59
あなたしか生きることのできない「いのち」　60
「人間」になりゆく道　61
本当の自立　62
二つの要求　63
人生に託された意味　63
自由なる意思をもって　64

第四章　不壊の出会い　67

出会うために遠くからやって来たのに　70
出会いによって人は新しく成る　70
つながりに目覚めてこそ　71
見えない絆　72
人生は神意の縁のめぐりあい　72
母なる海に向かって　73
ならばせめて　74
愛は多様をよろこぶ　75
和解　76
絆の海　77
人間だから　77
不壊の出会い　78
永遠のまどいを生きる　79
魂の光　79
一人の開けが全体の開けとなる　80
「その時」が訪れる　80

第五章　約束の地　83

畢生の願い　86
約束の地　87
地上に生きることを待ち望んだ魂たち　87
人はみな新しい自分を求めている　88
根源の願い　88

願いと業　89
無限なる生命力の主人として　89
すべてを条件として　90
地上に降りし　あまたの天使たちよ　90
遠い記憶　91
忘れることのできない約束　91
必然　92
霊的な出発　92
永遠を知る遥かなまなざし　93
深みにひらかれてゆくために　93
本当の声　94

第六章　魂の深淵

97
人間の本当の力　100
永遠の旅人　100
秘められたものの開花　101
深淵　102
静謐な場所　103
驚くべきものの実在　103
根源の風　104
不滅の光　105
魂の火　105
心の王国　106
静寂心　106
一心　107
自他を照らす光　107
調和への意志　108
共振する魂　108
魂の悲願　109
天上的希求と地上的郷愁　110
三つの河　111
独自の力　111
火のように燃える時　112
どうして　驚き　怒り　祈らないのか　112
われを叩け　113
光に向かう念　114
魂は思い出さなければならない　114
自らに死んで自らに生まれよ　115

第七章　人間の使命　117

内なる息吹き　120
確かなヴィジョン　120
人間の叡智　121
光を世界に返すことができる　121
世界につながった魂の力　122
光は内から輝く　122
歴史をつくる　123
人生を変える力　123
絶対音階　124
時の真理　125
時代の衝動　125
歴史の試練　126
絶対の定　127
新しい色心束　128
魂の強さ　128
微光　129

第八章　創世　131

やがて来たるべき時代のために　134
歴史の奔流　135
真実の伝承　136
愛を第一の動機として　137
闇に立ちのぼる祈り　137
痛みを通しての連帯　138
弁別せよ　139
新しい霊性の時代　139
歴史とは遙かなるもの　140
新しい国　141
伝承　141
現われる光　142
永遠の歴史　142
新たな深化　143
危機の本質　143
解決と創造の新しい次元　144
淵底の光　144
見えない軌道　145
中心　146

地図にない国　147

第九章　イデアの光　151

永遠の大河　154
風は遠くから来る　154
有難き世界のすがた　155
見えざるものとの対話　155
指導原理　156
天来の響き　157
一つはある　157
自らをひらく　158
魂を救う力　159
信ずる道　160
世界を根底から支える次元　160
神はずっと待ち続けられている　161
神との対話　161
ひとすじの道　162
神　162
託される神意　163
神理は力　163
神理の光は途絶えることがなく　164
イデアの世界　164
いのちの軌道　165
成聖の花　166

第十章　宇宙からの呼びかけ　169

真理に従えば力がある　172
見えない世界と共に歩む　172
天上の波動に己れを合わせよ　173
自由への飛翔　173
永遠に根ざす生き方　174
「時」の呼びかけを聴く　174
宇宙に共振するとき　175
その呼び声はすでに届いている　175
所以を明かす声　176
宇宙と響き合う　177
あるべきようは　177
必然と切実　178
無量の絆を見よ　178

第十一章　愛と信仰の道　181

内なる自己を信じよう　184
光を信じて証しする　184
闘い　185
気配が違う　186
ただ一度だけ　186
愛するがゆえに　187
愛することによって　188
永遠の花が咲く　188
神の波動に托身する　189
信じたときに見えてくる世界がある　189
托身　190
祈り　190
最後の問いかけ　191
永遠の光の中に翔び立つ道　192
内なる魂を信じる　192
隠れて尽くすほどに　193
内なる光を信じることから　193
探しはじめよう　祈りとともに　194
一人ひとりの信がその始まり　195

第十二章　新しい宣言　197

千年の風　200
目覚めよ　眠れる魂よ　201
新しき人よ　今あらわれ出よ　202
決して帰り来ぬ瞬間に　203
今日の生命は今日のもの　203
「今ここ」を慈場と化すこと　204
自分のみちを歩いて往こう　204
具現と人生深耕の王道　205
まず歩めよ　206
「今」とは決断のとき　207
一歩を踏み出すこと　207
「私とは何か」この永遠の問いから始めよ　208
神理の道の創造の原点　208
道なき道を歩むとき　209
一すじに求めよう　209
本心　210
新たな身口意を営むこと　210
時の流れより速く　211

内を見つめ　内と外をつなぐ　211
一切の事態を身に引き受ける　212
「私たちが変わります」　212
神の光を見出す　213
その時とはいつも「今」　214

編集部註　216
出典一覧　222
著者プロフィール　223

・本書の詩は、カレンダー（三宝出版刊）及び月刊『ＧＬＡ』に掲載された詩より、著者によって選ばれ加筆されたものです。詩の文末に記された、「木《こ》霊《だま》の時　一九八五九－一〇」は、一九八五年のカレンダー「木霊の時」九、一〇月の詩であることを、「八五〇七」は、月刊『ＧＬＡ』一九八五年七月号に掲載された詩であることを示しています。なお、加筆変更された詩には、※印が付されています。

・本文中の＊印については、巻末の「編集部註」をご参照下さい。

はじめに

新しい「時」を前にして、私たちは来たるべき未来について、どのようなイメージを抱いているでしょうか。新しい時代を生きる自分自身の人生について、どのような夢を描いているでしょうか。

それはまだ現実とは言えず、具体的な道も見えない曖昧《あいまい》なものかも知れません。しかし私には、私たちの心にあるもの、内にあるもの、それが決定的な意味を持っていると思えてならないのです。なぜなら、確実に現実は、未来は、そこから生まれてゆくからです。人間がこれまで歩んできた道、歴史の中で具現してきたもの、創造してきたものの一切が、一人ひとりの内側から溢《あふ》れ、結晶したものに他なりません。

自分が今、現在に対して何を感じているのか。未来をどう捉え、どう描いているのか。人間と人生に対して、いかなるまなざしを注ぎ、時代世界の呼びかけをどう受けとめているのか――。自分の心の中にあるものを確かに摑《つか》むこと。そして、その心の中に確かなものを育んでゆくこと、それは何よりも大切で切実なテーマではないでしょうか。

過去十五年ほどの間に折りに触れて、少しずつカレンダーや雑誌の巻頭言として発表した詩の中から、二百篇ほどを選び、新たな構成によって一冊の本にまとめさせていただくことになりました。それらの詩を通じて、本書に刻印されているのは、過去現在未来に対する、また世界と人間と人生に対する私自身のささやかな祈りと洞察の断片です。

これまでに多くの方からカレンダーの詩や巻頭言をまとめた本があればとのお声をいただいてまいりました。いわば十年来の要請にようやくお応えすることができることとなって本当に嬉しく思います。

本書に収められた詩の一つひとつと再会して、私は改めて不思議な感慨《かんがい》を覚えます。その一篇一篇は、折々の時と場の記憶を鮮やかに甦《よみがえ》らせる一方で、今新たに生まれたように、私の心にはたらきかけてくるからです。それが、未熟な点のあることを承知で、できるかぎりそのままの形での収録につとめた理由です。あたかもそれらは、わが身の分身のようであり、また自分の許を巣立ったわが子のようでもあります。

本書の読み方は、読者の皆さんに委《ゆだ》ねられています。自由に心の赴《おもむ》くままにお読みいただければと思います。けれども、それを前提として、これまでお便りを下さった方が自らこのように読んでいるとお伝え下さった声の中からいくつかの手がかりを提案させていただきましょう。

○まず、順序よく最初から普通の本を読むように読み進める。
○気の向くままに頁をめくり、心に留まるものを探して読んでゆく。
○一つの章を選び、集中的に繰り返し読む。
○選んだ詩をじっくりと声に出して読んでみる。
○選んだ詩を心に反芻《はんすう》し、黙想《もくそう》・観想《かんそう》の手がかりとする。
○黙想・観想を進めながら自分の感じたこと、想いのひろがりを言葉にしてゆく。

今、私たちの生活を支配しているリズムは、大変に忙しいものです。次から次へ襲いかかってくる出来事や要請に、てきぱきと応えることを誰もが求められている時代だからです。そして、その速射砲のように私たちに向かってくる刺激に間髪《かんぱつ》を入れずに応えることができる力が人間の能力であると、現代という時代は認定してきたと言えるでしょう。

そのために、私たちはその能力を獲得しようと自分自身の内側にも、そのリズムを浸透させてきてしまったように思うのです。外界のせわしなさに支配されてしまった現代人の心――。

自分自身の心がどのようなリズムを抱いているのか、ぜひ見つめる時を持っていただきたいと思います。そして、私たちが本来抱いている宇宙のリズム、自然のリズムを取り戻すために、ぜひ、本書を介在にして、自分自身の内側に向かっていただければと思います。

何事が起こっても不思議はない人生です。自らの思い通りになることはなく、思うにまかせないことが必然的に降りかかってくる世界です。自分自身の中心軸を保てなくなるようなこともあるでしょう。また、新たな道、新たな現実を求める人にとって、その手がかりを探すことは必然のことでしょう。そのような時、本書の中に支えとなる言葉を見出していただけたら、それは望外の喜びです。

お一人お一人のかけがえのない人生の同伴者として、時代社会を拓《ひら》いてゆくようすがとして、本書が世界にはばたくことを心より祈念《きねん》して――。

二〇〇〇年一月

高橋佳子

第一章　試練のとき

十年、二十年、三十年……と人生の時を送ってきた人ならばすでに承知のこと――。試練のない人生などない。どんなに恵まれていようと、どんなに平和であろうと、人が生きる道には、上り坂があれば下り坂がある。順風満帆《じゅんぷうまんぱん》の日々だけではなく、凪《なぎ》や時化《しけ》の日があることも避けられないでしょう。

私たちが生きている世界は天国ではありません。自分の思い通りに生きることのできる人などなく、誰もが不足を抱え、理不尽《りふじん》さを味わわなければなりません。

大切なのは人生とはそのようなものなのだと覚悟を決めることではないでしょうか。その事実を事実として受け入れるということではないでしょうか。

そのとき、訪れる困難も降りかかる災厄《さいやく》も、ただ単に退けられるべきものなのではなく、私たちにとって何か大切な意味を語りかけるものであることが分かってくるのです。

人は困難の中から生き方を学びます。試練を通じて大きく成長し、葛藤《かっとう》に耐えて真に選択すべきことを教えられます。また後悔によって本当の願いを見出し、失敗の中から新しい未来のヴィジョンを授《さず》けられるのです。

試練や苦しみは人間に多くのものを与え、多くの開けを与えるきっかけとなってきたばかりではなく、むしろ、すべてを与えてきた――。一切の開けと深化は、そこから生まれてきたと言って過言ではありません。私たち人間は、困難や試練に誘《いざな》われて、通り一遍《いっぺん》ではない人生の真実、生きることの神秘の旅へ出発することになるのです。

そして様々な分野で、多くの場所で、本当の意味で重きをなす人は、必ず多く深く苦しんできた人のように思うのです。自分の苦難だけにはとどまらず、外にある困難や試練を、問題や悲苦を、自分に引き寄せ、あたかも自分自身のことのように思い悩み、考え続け、その打開のために心を尽くしてきた人であると言えるのではないでしょうか。

ことに、新しい道を切り開こうとする人々があるならば、その鍵《かぎ》を握るのは、それまでその人がどのように苦しんできたかという事実です。また、これからどのように外にある苦難や試練を引き受けようとしているかという姿勢です。

もし、今あなたが試練の中にあるならばそのことを想っていただきたいのです。もし、今すべてが順調に推移しているならば、そのことを心の片隅に刻んでおいてください。

人は試練を避けたがります。しかし、その忌避《きひ》すべき試練によって、深まりゆくもの、それが私たちの世界であり、人生に他ならないのですから。

苦しみは私を強くする風

苦しみは
私を強くする風
魂を揺り起こす響き
かなしみは
私を洗う雨
魂を目覚めさせる光

そして
決して忘れてはならない
苦しみとかなしみは
いつも誰かの傍《そば》にある

苦しみとかなしみは
いつも噛《か》みしめていなければならない

木霊《こだま》の時　一九八五　九―十

苦界《くかい》に播《ま》かれた種たち

苦界に播かれた種たち
押し流され
混沌《こんとん》に埋《う》もれようとも

そのいのちは亡《ほろ》びず
そのはたらきは残る

母なる大地よ

くるしみとかなしみのなかで
瓦礫《がれき》のように崩れ去ろうとする
非力と不信の子らを
あなたは黙って抱擁《ほうよう》する
いつの日にか
そのいのちとはたらきが

花ひらき実むすぶことを
あなたは信ずる

大地の瞑想《ディアナ》　一九八七　九－十

歩けるようになるために

歩けるようになるために人は
幾度も幾度も
つまずかなければならない

どんなにたたかれても
どんなにつき放されても
どんなにさげすまれても

それでも世界には
励ましてくれる方がある
見守ってくれる方がある

だから人は
もう一度
出会いに手を合わすことができる

もう一度
立ち上がって歩むことができる

木霊《こだま》の時　一九八五　五―六※

人生に目覚めるとき

人生とは
気がつけば始まっていた
行き先も知れぬ航海

幾日と続く凪《なぎ》より
おそろしい嵐より
順風の日の方が
ずっと苦しみの深いことがある
耐えがたいほどの
虚《むな》しさが隠《かく》れていることがある
平穏《へいおん》に見える日々に
言いようのない焦《あせ》りが滲《にじ》んでくることがある

そのとき人は
何のために生きているのか

何のために生まれてきたのかと問いかける
遙《はる》かな呼び声を聞く

人生に目覚めるとき
人生に再会するとき

讃歌《アリア》　一九九〇　三―四※

狭《せま》くてもいい　小さくてもいい

ただひとりの人間が
自分の眼で見つめ
自分の足で歩いてゆくには
苦しみにたたかれ
悲しみに揺るがされ
こんなにも
迷わなければならないのか

けれどもだから
尽きることのない地下水に出会う
さえぎるもののない広き海原《うなばら》に出る

狭くてもいい
小さくてもいい
君は君で

一すじに
どこまでも
自分の井戸を掘りつづけてほしい

でこぼこでもいい
曲《ま》がりくねってもいい
私は私で
一すじに
どこまでも
ひとりのみちを歩いてゆこう

存在の故郷　一九八八　三―四

「今」

何も知らずに歩き出したこのみち
迷わずに　間違わずに
どうして進んで行けるだろう

つらいとき
苦しいとき
悲しいときがある

けれどもそのときこそ
他人《ひと》を責めず恨まず
不安と不満のからくりに打ち負かされず
「今」に体当りして
真の心を建て直すとき
心の眼をひらいて
何が大切なのかを

本当に
見出すことができるとき

八五〇七※

川の流れ

さらさらと流れゆく
川の流れを見ているだけで
心癒《いや》される人たちがいる
じっと背負ってきた重いものが
いつしか変わると教えられるから

一切を運んでゆく
川の流れに触れているだけで
希望が見えてくるときがある
どこかで自分を待つ未来に
きっと遭《あ》えると励ましてくれるから

流れ流れきた水の響きは
数え切れない
悲しみを洗い流し

計り知れない
生命《いのち》を潤《うるお》している

イデアの光　一九九八　九―十

平凡な風景の中に

あるいは苦しみに砕《くだ》かれて
あるいは恐れにふるえながら
修羅《しゅら》のように歩まねばならぬ
人びとよ

このただひとつの人生が
このただひとつのみちが
誘《いざな》われて
導かれて
ひそやかに
内なる深まりを迎えることができますように
真実なものへとひたすらに
引かれてゆきますように
そして
声高《こわだか》に叫ぶ必要もなく

高ぶることなど忘れてしまい
平凡な風景の中に溶《と》けてゆきますように

祈りのみち　一九八六　十一―十二※

大地を踏みしめよ

昨日《きのう》も今日も
迷うな迷うなと大地は支えてくれる
今日も明日《あした》も
恐れるな恐れるなと天空《そら》は励ましてくれる

つまずくほどに確かになり
挫《くじ》かれるほどに強くなり
だまされるほどに信を深め
傷つくほどに愛をあらわす
このみちを一途《いちず》に歩んでいけ

大地を踏みしめてみよう
天空《そら》を仰いでみよう
そうすれば
言葉にならぬ力が満ちてきて

言葉にならぬくるしみが引いてゆく

祈りのみち　一九八六　五―六

神とひとつになる場所

怒りと憎しみに
恨みと疑いに
迷いと恐れに
追いつめられ暴流《ぼうりゅう》して
人は皆ひとつしかない故郷《ふるさと》を捨てる

けれども　もし
そのときひとときでも
すべてを解き放ち
忘れることができるなら
そして
決して冒《おか》されることのない
神とひとつになる場所に
独りで還《かえ》ることができるなら

誰も阻《はば》むことなどできない
だから
神からの光にそっと
心をひらいてみよう

八六〇二※

大切なこころはひとつ

心かなしむ人よ
心くるしむ人よ
心さびしい人よ
心むなしい人よ

忘れてはならない
大切ないのちはひとつ
大切なこころはひとつ
そのひとつにつながっていれば
いつでも
どこでも
見えるすがたがどんなに様々でも
光を失わない
強さとやさしさを失うことはない

あらゆるものを抱擁《ほうよう》して
ひとつに結び
このままが調和であり
そのままが自在であり
無限のものがそこへと常に流れてゆく
広大無辺《こうだいむへん》の海のような
愛と慈しみに
すべてを委《ゆだ》ねさせてください

祈りのみち　一九八六　七―八

神不在《ふざい》のしるしではない

いわれなき悲しみ
いわれなき苦しみ
途切れることのない災厄《さいやく》
見るに耐えぬ人々の不幸
なぜ　混乱と悲苦《ひく》のままの忍土《にんど》か*1

しかしそれは神不在のしるしではない
なぜなら
それゆえに
あなたが生まれてきたから

あなたがいる
あなたが生きる
あなたが歩む
あなたがはたらく

だから
すでに
神はかかわられた
末生《みしょう》に響きあり
元《はじめ》に神の光

大地の瞑想《ディアナ》　一九八七　十一－十二

変わることのない物語

悲しみと痛みを避けられぬ忍土ゆえに
深められ　純化される光がある
善悪吉凶《きっきょう》の変転の路地《ろじ》を生きるがゆえに
生まれてくる光がある

それは
千古《せんこ》の昔から
果てしない明日につづく
変わることのない物語

私はそこに
神の内なる生命の顕現《けんげん》を見よう
来たるべき新たな世界の証《あかし》を見よう

創世　一九九五　十一－十二※

見えないところで

見えないところで
自らをつくるものたちの凛々《りり》しさよ
天に向かって
まっすぐに伸びようとする樹は
地深く根を下ろす
そして深くに張った根ほど
苦役《くえき》と受難《じゅなん》を知っている

見えないところで
他に尽くすものたちの美しさよ
すべてに従う水は
いつの間にか
あらゆる生命に姿を変えている

すべてに従う水は
すべてにかけがえのない力を抱いている

木霊《こだま》の時　一九八五　七－八

忍土の定《さだめ》

どれほど苦しくても
心を小さくすることはない
どれほど悲しくても
希望を失うことはない

姿あるものを傷つけ
形あるものを脅《おびや》かす
それが忍土の定である

その定を本当に自覚したとき
人は世界に流れる癒しの力に触れる

その定を本当に受け入れたとき
人は真実の目的のために働き出す

約束　一九九四　七―八※

「希望」があれば

風が暴れ
雨がなぐりつけ
寒さで身が凍《こご》えても
「希望」があれば
人は生きることができる
「ヴィジョン」があるなら
すべてを受け入れられる

だからこそ
「信」を浄《きよ》め深め確かめよう
「願い」を試練に立たせよう

自らの眼で
その真贋《しんがん》を見きわめ
自らの足で

そのいのちを生きなければならない

八七一〇

神への道がはじまる

情熱を燃やし尽くせ
内なる力を引き出せ
貪《むさぼ》りと瞋《いか》りに身をさらそうとも恐れるな

貪りを知らずして
どうしてその虚しさが身に沁《し》みるのか
憤《いきどお》ることなくして
どうして慣れた道を離れることができるのか

無力の壁につきあたり
絶望の淵《ふち》に沈んで
大いなる疑問がわき起こる
なす術《すべ》もなく立ち止まるとき
過去の自分が絶えなんとするとき

神への道がはじまる

九〇〇九

ただ念じて生きてみること

ゆるしに生きてみるなら
こころがどんなに広大であるかがわかる
てらしに生きてみるなら
こころの放つ光がどんなに強いかがわかる

「自分はだめだ」と卑下《ひげ》することはない
「できるだろうか」と迷う必要もない
ただ念じて生きてみること
一歩を踏み出してみること

八六〇七

人間の光　人間の力

生きるために涙し
生きるために苦しむ人が
なお生きようとするその姿に
私は人間の光を見よう

歩むために傷つき
歩むために悩む人が
なお歩もうとするその姿に
私は人間の力を見よう

試練が人をつくり
逆境が人を新しくする
人間を人間たらしめる
「時」がある

未来紀元　二〇〇〇　五－六※

第二章　運命愛

いかなる人生にも一貫する特質、それは「唯一《ゆいいつ》」ということです。

どれほど似ているように見える人生があったとしても一つとして同じものはありません。一人ひとりが背負った人生の条件、生まれ、生い立ち、家族……。一人ひとりが辿《たど》ってきた人生の道のり、人生の出来事、出会い、……。そのどれもがその人にとってかけがえのないものです。

ところが、そのかけがえのない人生をそのまま受け入れ、本当の意味で大切にできないのが、私たち人間の悲しさではないでしょうか。

自分の人生など取るに足らない。振り返りたくない忌《い》まわしい過去がある。こんなつまらない自分などやめてしまいたい……。一人ひとりの中に、愛せない理由が渦《うず》巻《ま》いています。

そしてそれは究極のところ、自分一人の力ではどうにもならない運命のためなのだという諦《あきら》めにつながっているように思います。

もし、自分の人生がもっと恵まれていたら。違う家に生まれていたなら。もしあのとき、違う選択をしていたら。あの失敗がなかったら……。自分の人生を愛することのできない人の中には、そうした「もし」が必ず巣くっているのです。

しかし、それは違うのではないでしょうか。

貧しくつらい生い立ちを経てきたからこそ、人に対する思いやりを持ち続けようと強く願ったあなたがあったのでしょう。消してしまいたい失敗があったから、あなたには決して忘れられない決意が生まれたのでしょう。

宇宙に流れている時の中で、あなたにしか生きられない時があります。遙《はる》かな歴史、そして無数の人生をつくってきた多くの出会いの中で、あなたにしか生きられない出会いがあります。

その人生の条件、その生い立ちを背負ったあなたにしか、見えない世界の姿があり、あなたにしか願うことのできない世界の姿というものがあるのです。それをあなたに与えるもの、それが「運命」というものです。運命の中には、自分にはどうすることもできない、私たちがただ従うほかない「宿命《しゅくめい》」――私たちを束縛《そくばく》し、耐えがたい悲苦と不自由を与えるもの――がある一方で、それだけではない、あなたにしか背負うことのできない「使命《しめい》」が隠《かく》れているのです。

自分にはどうすることもできない「運命」を愛するところから、その「運命」を本当に大切にするところから、私たちは自分自身の「宿命」を転じて「使命」を輝かせる歩みを始めるのです。

冬の光

あなたは
何処《どこ》へ往《ゆ》くのか
何を見ているのか

耐えて赤心《まごころ》を尽くす
艱難《かんなん》きわまる人生に
見えざる手が触れる

生けるものの痛みを
生き身に運ぶ人々に
彼岸《ひがん》の風が吹く

隠れた光
秘められたる響きに
誘《いざな》われる人々よ

さあ往こう
この凍《い》てつく野に咲く
花を探しに
この暗き冬にこそ照る
光をたずねて

知られざるものの声　一九八九　一―二

癒《いや》しの原理

生きることに
痛みが伴い
混乱と迷妄《めいもう》を引き出す
苦悩の原理が働くならば

同じ生きることに
いかなる絶望の淵《ふち》からも
新たに人を再生させる
癒《いや》しと成長の原理が働いている

眩《まばゆ》いばかりの光と
深い闇を抱く人間は
この忍土《にんど》*1に生まれてくる

九一一二

重さを経験すること

重さを経験すること
それが人生の意義

そこにあるもの　流れ込むものを
引き受ける完全な受容《じゅよう》と
その中から輝き出す一つの道を
拓《ひら》いてゆく唯一の創造

飛翔《ひしょう》を経験すること
それが人生の意義

九六〇八※

限界の中でこそ人は永遠に触れる

肉体を持つことで
人は限りある生命《いのち》を生きる
人生を歩むことで
人は数々の制約に直面する

けれども
その限界の中でこそ
人は永遠に触れる
条件を背負うからこそ
魂は限りない世界に誘われるのである

九四〇四

神秘なる炎

人生は
麦を挽《ひ》くように人を打つ
殻《から》を取り
粉にして
ふるい
練《ね》り
そして
それを焼き上げる炎
神秘なる炎を待つのである

九二〇二※

運命愛への出発

運命愛への出発
災厄《さいやく》や逆境をもたらす人生でも
ただ言い訳や不満で時を費やすことは
空《むな》しさでしかない
運命を呪《のろ》うことは苦しみでしかない

魅力あるものを
大事にするだけでは
本当の愛とは言えない
醜《みにく》く劣って見えても
価値を認められなくても
愛はそれを大切にできる

八九〇七※

何かをすれば何かが起こる

何かをすれば　何かが起こる
動き出したら　何かにぶつかる
「まっすぐに歩こう」と思い立った瞬間に
眼の前に壁があらわれ
往く道は地《じ》割《わ》れする

でも　障害を恐れてばかりいてはならない
目標をもつ　目的を抱く
そのとき　障害があらわれる
だから　何の障害もないということは
何の目的も持たないということに過ぎない

八五〇五※

極《きわ》まる光闇

聖俗《せいぞく》の世界に生きる人間が
容易に善のみを輝かせ
罪と悪を一掃《いっそう》できると思うのは
幻《まぼろし》にすぎない

人の悟りとは
自らに極まる光と闇に
いつも目覚めていること
そして
自らの力が及ばぬ時を
祈りと化すことである

九二〇八

痛みを通して開けは来たる

人はその人生に
逆境のない幸福を求める
失敗のない充実を求める
苦悩のない平安を求める
しかし　それはみな幻想に過ぎない

いかなる人生も様々な痛みと闇を抱く
そしてその闇の中でしか
聴《き》こえぬ声があり
見出せぬ真実がある

暗きにこそ光は照る
痛みを通して開《ひら》けは来たる

八九〇三※

不思議の花

病が与えるのは苦痛だけではない
災《わざわ》いがもたらすのは破壊だけではない
失敗も　思い出したくない過去も
マイナスだけを押しつけはしない

遠ざけようとしてきた運命を引き受けて
人は新たに生まれ変わる
悲しみと苦しみの中に
人生は不思議の花を咲かせる

創造の痛み
痛みとは底知れぬ呼びかけである

九〇〇七

天上の美しさと地上の悲しみを

生まれたから人は
不安に苛《さいな》まれ
憎しみに捕えられ
欲望の渦《うず》に身をさらす

けれども
弱さをあらわにするから人は
新しい力をひらき
新しい光を導く

天上の美しさと
地上の悲しみを
一つに抱く魂よ

魂の巡礼　一九九二　五－六

無限の連打

何のために生まれてきたのか
何のために生きているのか
それは　出会い　関わり　背負い
そして味わい尽くすため

逆境　障害　困難
不安　迷い　後悔
苦痛　かなしみ　孤独
重圧　絶望
希望　郷愁《きょうしゅう》　感動
確信　よろこび
「時」に包み抱かれるこれら一切によって
人は人となってゆく
この一瞬一瞬が私たちを彫刻する

魂よ　装いせよ
その無限の連打によって
内なる唯一の観音《かんのん》を彫り続けるために

八五一〇※

道

同じものがひとつとない
人生という神秘の森に
道はひらかれる

迷いを　はばたく意志に結び
痛みを愛の産婆《さんば》となし
絶望さえ叡智《えいち》を告げる使者とする

黄金《おうごん》の
こころに映る
最善の道

この道を往く
共に
この道を往かん

九〇一二

癒《いや》しとは創造

時代ゆえに
土地ゆえに
家族ゆえに
傷ついた魂が

愛ゆえに
智慧《ちえ》ゆえに
光ゆえに
深く深く癒される

癒しとは
受け身ではなく
創造的な
人間の歩み

九六〇三

新しい扉《とびら》を開く鍵《かぎ》

鳥たちは飛び
人は生きる

荒海《あらうみ》を渡る鳥たちは
漆黒《しっこく》の向こうに
光の島があることを知っている

混迷の世を生きる人は
暗夜《あんや》を歩むことで
夜明けに近づいてゆく

本当に苦しんだことがあるかどうか
本当の痛みに応えたかどうか
それが新しい扉を開く鍵となる

鳥たちは飛び
人は生きる

イデアの光　一九九八　十一―十二

使命の物語

国が憎しみを生み
肌の色が差別を引き出し
信ずるものが争いを起こす

時代に埋《う》め込まれ
条件に支配される
人生《い》きる世の「宿命《しゅくめい》の物語」

しかし　それでも
魂は人生を愛してやまない

日々出来事に心を惑《まど》わし
恨みと執着に半生を費やしながら
ついにその一切と無縁《むえん》な
本心に惹《ひ》かれ
願いに導かれる
果てしない「使命の物語」を
人は生きているからである

千年の風　一九九六　九－十※

第三章　人生の星座

自分が歩んできた人生をパノラマのように見せられるときがあります。

懸命に家族のため、関わりある人々のために尽くしてきたつもりだった人生が、実は自分を守る情熱によるものだったと分かって、愕然《がくぜん》とすることがあります。自分ではただ襲ってくる試練を何とかしようと応えてきたつもりだったのに、実はその底に、引き裂かれた絆《きずな》をつなぎ留めたいという強い願いが隠《かく》れていたことを知って驚かされることがあります。

そしてそのような「時」は、たとえ、それが私たちにとって、強い失望や落胆をもたらすものであったとしても、実は人生の大いなる意味に直面している「時」に他なりません。

折々にいきさつを伴いながら生じ、刻まれてきた出会いや出来事、一日一日の生活――。それらは、私たちにとって、すでに知られた理由や意味を持った過去の現実となっているものばかりです。あるいはそのような意味など顧《かえり》みられないほど、すでに当たり前となっているものに過ぎないかも知れません。

人生はそれらおびただしい記録を無造作《むぞうさ》に刻んできたと言ってよいものでしょう。あたかも、強い光や弱い光、大きな星と小さな星が無数に散らばった夜空のように、人生には無数の出来事や出会いが散在しています。

けれども、その無秩序に広がったきらめきの中で、あるとき突然、一つの形が立ち現われることがあります。つながらなかった点が線となり、線と線がつながって一つの形をつくり、そこに意味の光が輝き出すことがあります。

ちょうど無秩序にしか見えなかった夜空の星々に、星座の存在が新たな秩序をつくるように、人生の無数の出来事や出会いが、バラバラではなくつながって、一つの星座のように意味ある形を形づくるのです。そして、「そのとき」「あのとき」には気づくことのできなかった意味を私たちに明かしてくれるのです。

いいえ、そのようなことがあるというだけではありません。人生とは常に、そうした隠れた意味を湛《たた》えているものです。

平凡に過ぎない日常、変わりなく連続してゆく毎日……。その分かり切った生活にも、隠れた意味が託《たく》されています。

その意味を解く鍵《かぎ》は、心を尽くして生きること。限りを尽くして生きること。その日々に大いなる呼びかけは明らかにされるのです。

人生の星座

人には変えることのできない
運命があろうとも

訪れる出会いと出来事の
受けとめ方で
人生の星座は
変容《へんよう》を遂《と》げる

隠れていたすがた
孕《はら》まれていた真実が
あらわれる
奇蹟《きせき》のような道がある

八九〇九

人生に無駄《むだ》なことはない

喜怒哀楽《きどあいらく》に彩《いろど》られた
無数の出来事や経験が
価値の札《ふだ》をつけられ
ばらばらに
「かけら」となって散らばっている

しかし
これらの「かけら」を
ひとつにつなぐ糸がある

誰もがその人にしかない
人生のテーマを抱く
人生に無駄なことはない

八九〇八

宿命《しゅくめい》の光

如何《いかん》ともしがたい
宿命の中に
本当の自由がある

自らが与《あずか》り知らぬ
宿命の中に
もう一人の自分がいる

苦しみに意味の力を与え
悲しみを光輝かす
宇宙の仕組《しく》みの中に
宿命を使命《しめい》へと転ずる
不変の神理がある

九五一二

神さまからの手紙

人生には
神さまからの手紙が届く

喜びと悲しみに
過ぎゆく一瞬に
一つひとつの出会いに
降り注ぐ手紙がある

神の声をのせた
黄金《おうごん》の言《こと》の葉
長い間
開かれることを待ち続けている
無数の手紙がある

九〇一一※

人生は受けることから始まる

人生は
受けることから始まる
それは
もたらされ
恵まれることの連続である
助けられ
支えられることの連続である

だからこそ
喜びと謝念をもって
与えねばならない
自己の深みに立ち還《かえ》り
そこに溢《あふ》れる愛を
有形《ゆうけい》無形《むけい》に
尽くし与えることによって
人生は完成に近づく

八八〇七

本当に大切ないのちはひとつ

本当に大切ないのちはひとつ
本当に大切なこころはひとつ
そのひとつにつながっていれば
すべては
いきいきと
はつらつと
輝いている

永遠《とわ》のいのちに根ざし
神の心に住すれば
めぐりあったこの出来事
めぐりあったその人の
比べることのできぬ
意味といのちを味わうことができる

八五〇九※

託《たく》された使命《しめい》

あなたが存在する
その事実の深さを
侮《あなど》ってはならない

どこにもなかった必然が
あなたを結晶させたのだから

あなたが生きる
その事実の重さを
見過ごしてはならない

あなたが踏み出す一歩によって
世界の声に応えるのだから

替わるもののない必然と

託された使命が
あなたを形づくっている

九八一一

あなたしか生きることのできない「いのち」

人間だけが
一瞬に
色褪《あ》せることのできぬ光を
付与することができる

しかしまた
その時の連なりを
無意味で空虚《くうきょ》なものとして
無造作に打ち捨てるのも
他ならぬ人間である

大いなるいのちの河のほとり
悩み苦しみ希《ねが》い輝いた
人々のいのちと因果《いんが》が
永劫《えいごう》の時をかけて流れてくる

あなたしか
生きることのできない「いのち」は
ここから立ち上がった

自らの清さと醜さ
自らの強さと弱さ
あるがままのすべてから出発しながら
真のはたらきに生きるとき
真如《しんにょ》の世界は
あからさまな現実となるだろう

八七〇五※

「人間」になりゆく道

人は
生まれながらにして
「人間」なのではない

親子が「親子」となり
夫婦が「夫婦」となり
兄弟が「兄弟」となり
他人が「友人」となり
自らが「自ら」となる
「人間」への道を歩むのである

空を飛ぶ鳥や
野に咲く花さえ及ぶことのない
「一《いっ》」なる世界への托身《たくしん》も
唯一なる個性の開花も

「人間」になりゆく道である

その深みへの経《へ》廻《めぐ》りは絶えることがない

八八一〇

本当の自立

本当の自立
本当の個性
それは
魂の次元に根ざしたすがた

三つの「ち」[*2]を
条件として引き受ける生き方
背負った宿命の中に
かけがえのない使命を見出すまなざし

九六〇七

二つの要求

自らをあらわすことと消すこと
「本当の個性を実現したい」
「一《いっ》なるものに溶けてしまいたい」
矛盾《むじゅん》にしか見えない二つの要求が
たえずこの胸に渦《うず》まいている
あらゆる人間の過《あやま》ちと苦悩が
そこから生まれてくる

人生とは
この二つの要求が
何の矛盾もなく
一つに成就《じょうじゅ》する場所を探す道

八七一二※

人生に託《たく》された意味

古き衣を脱ぎ捨て
裸の魂を知るまでは
想いひとつ
自由になるものでない

自我の牙城《がじょう》が砕《くだ》かれ
真我《しんが》が顕現《けんげん》するまでは
出会いひとつ
味わい尽くされるものでない

内界に親しむことなくして
自らの主人となる人はいない
内視《ないし》　内観《ないかん》　内省《ないせい》の力を伸ばさずに
人生に託された意味の成就はない

九〇〇四※

自由なる意思をもって

過去世のすべての因縁《いんねん》が
痛みとなりよろこびとなって
今　自業《じごう》*3を告げる
一つの果《か》を生み落とす

この瞬間
身口意《しんくい》の三業《さんごう》は
遙《はる》かなる時の流れへの応えであり
新しき未来の創造である

見えざる手をもって
神はかかわり
自由なる意思をもって
人は生きる

八九〇四※

第四章

不《ふ》壊《え》の出会い

人生とは、この世界に独りで生まれ落ちた人間が再び独りで死を迎えるまでの間、無数の出会いと別れによってつくられ、織《お》りなされてゆくものです。

出会いによって営まれているのが人生であると言って過言ではありません。その出会いのあり方が私たちの現実を決定します。両親、家族との関わりも、生まれ故郷という地域での生活も、広い意味では出会いです。生まれ落ちたときから、様々な出会いをもたらされる私たちは、その数え切れない出会いと別れの織りなす時の中で、人間としての生き方を学び、人を愛することを知り、世界や時代に応えることに取り組んでゆきます。私たちにとって、出会いとはすべてをもたらすものです。

しかし、出会いとはそれだけではないのです。

「出会いには別れがある。出会ったら必ずいつか別れが訪れる」。それが、私たちにとって自然な出会いの感覚でしょう。

しかし、出会ったきりで、別れのない出会いというものがあります。出会う前から出会っている。そのような出会いというものがあります。

「もし、この人と出会わなかったら、もし、このことと出会わなかったら、今の自分はない」。そんな想いを抱いている人は少なくないはずです。ただ一つの出会い――。その何気ない出会いも、実は何十億年という人智を超える宇宙の歳月と計り知れぬほどの生命の歴史の流れの中のただ一点にあります。それだけの稀有《けう》な一致として私たちは一つの出会いを迎えます。出会いとは、人にはつくることのできない神意《しんい》の結びつきなのです。

私たちは普段目にし、耳にし、触れている現象としての出会いから、見えない次元に退くほどにはっきりと、そこに確かに結ばれているつながりを見出します。それがすでに張り巡《めぐ》らされた不壊《ふえ》の絆《きずな》との出会い、邂逅《かいこう》――。それが、一度出会ったら決して別れることのない出会いに身を寄せるということです。

改めて、一つひとつの出会いを見つめていただきたいと思います。すでに縁を抱いた方々との出会いを心に呼び出してください。私たちは神意《しんい》が共鳴する次元にすでに元《はじめ》から出会いを与えられている一人ひとりです。私たちはすでに出会っていた！　家族や知人との出会いも、出来事との出会いも、旧《ふる》き出会いも新しき出会いも、すべては見えない不壊の絆によって織りなされている出会いです。神意が注がれている出会いです。その出会いのいのちをもう一度味わい尽くしてください。

出会うために遠くからやって来たのに

これほど大勢と一緒にいながら
きみはまだ
何に苦しまなければならないのか
何を怖れなければならないのか
耳を傾けることなく聞き
心を話すことなく語れば
囲まれても
にぎやかでも
いよいよ独りになっていく
出会うために
分かちあうために
遠くからやって来たのに

祈りの造形　一九八四　十一―十二

出会いによって人は新しく成る

出会いによって人は新しく成る
出会いによって心は境地を学ぶ

子と生まれるから知る
希望と不安　そして歓びと哀しみ
父母となるから知る
愛と責任
年老いるから知る
人生の宝　そして大切ないのち
感じる力　想う力　考える力は
出会いの賜物《たまもの》である

だから魂は
再び地上に立つことを望むのである

焦点《しょうてん》と磁石を心に抱いて
全身全霊《ぜんしんぜんれい》のかかわりを続けるならば
世界はみるみる変貌《へんぼう》し
内なる魂があきらかになってゆくだろう

八六一二※

つながりに目覚めてこそ

あらゆる現象とあらゆる存在の
根底なる絆《きずな》を取り戻すときである

人と人はつながり
人と自然は結ばれている
出会いと出来事は織《お》り成され
この世と見えない世界も一つである

つながりに目覚めてこそ
いのちは輝く

つながりに応えてこそ
いのちは花開く

九一〇二

見えない絆

見えない絆を感じたとき
人は神を見出している

そして誰もが心の底では
神と出会うことを
何よりも
待ち望んでいるのである

九二〇五

人生は神意《しんい》の縁《えにし》のめぐりあい

今日一日を誰のために生きただろう
この出会いを一体どこに委《ゆだ》ねただろう

人生は神意の縁のめぐりあい
もし　あのとき
この人に会えなかったら
この出来事がなかったら
今の私はない

山川草木《さんせんそうもく》　鳥獣虫魚《ちょうじゅうちゅうぎょ》
両親　家族　人々の連帯
さまざまな出会いと輪廻《りんね》の不思議が
この私を生かしてゆく

自然に生きるものたちは

無心一途《いちず》に利他《りた》の行《ぎょう》をつづけている
自らに死んで他に赴《おもむ》く世界には
いのちがまぶしく輝いている

存在の故郷　一九八八　九―十

母なる海に向かって

楽しげに悠々《ゆうゆう》と流れる河
気ままに蛇行《だこう》して流れる河
怒り渦巻《うずま》き流れる河
寂しげにひっそりと流れる河
転がるように生き急いで流れる河
苦しみ嘆いて濁《にご》り流れる河
飢え渇《かわ》き細々と流れる河
流れ澱《よど》んで腐りかけた河

さまざまに人生のように
異なる土地に異なる光を放ちながら
名もなき河が流れている

やがて無数の流れは
たった一つの海に注ぎ

たった一つに結ばれる

すべてを拒まず分け隔《へだ》てず
あらゆるものを包容《ほうよう》する
母なる海に向かって
一切の尊さと叡智《えいち》を具《そな》え
一切の愛と慈しみの根源たる
母なる海に向かって

無限のものが還《かえ》ってゆく

存在の故郷　一九八八　一―二※

ならばせめて

心さびしい人は
いつもひとりだから
人の温かさに本当に涙する

心くるしむ人は
いつも重荷を抱えているから
花や樹の無心な姿に励まされる

幼児《おさなご》が父母を探すように
樹木《じゅもく》が光を求めるように
救いを願う人がいつもいる

ならばせめて
私は胸に小さな灯《ひ》をともして
一人ひとりと出会ってゆこう

この生き身に痛みを運んで
一人ひとりと歩いてゆこう

讃歌《アリア》　一九九〇　五―六※

愛は多様をよろこぶ

違うからいい

我は我
君は君
だから愛がある
だから出会いがある

腹を立てまい
失望すまい
しずかなまなこは
違いに新生をみる
違いに創造をみる
それぞれの花をみている

愛は多様をよろこぶ

そこに眠る
一つのいのちに目ざめているから

大地の瞑想《ディアナ》　一九八七　三－四

和解

独りで生きられる――
やりたいようにやりたい――
根深い自我のつぶやき

痛みを抱え人生の重さと向かい合う時
その傲《おご》りと自惚《うぬぼ》れが砕《くだ》かれる

見えない絆への反逆《さからい》に満ちた人間が
あるがままの世界と和解する時

九二一一

絆の海

運命を背負って生きる
すべての人のうちに
静かに満ちる潮《うしお》がある

耐えがたい悲しみの時
受け入れがたい苦悩の日々
その深い闇の中に
人を世界に結びつける絆があらわれる
その痛みの底に
人を新たにする癒《いや》しの力が生まれる

自らを開かせ
自らを超えさせる
大いなる絆の海がある

九三一〇※

人間だから

どれほど煩悩《ぼんのう》が深かろうと
私は人間を信じよう
どれほど混乱が続こうと
私は世界を信じよう
永遠なる未完のままで
私は内なる自己を信じてゆこう

恐れ　誤り　迷い続ける人間だから
苦しみと悲しみの淵《ふち》を抱える人間だから
本当の信が生まれる
本当の愛が生まれる

讃歌《アリア》　一九九〇　七―八※

不壊《ふえ》の出会い

波が無限に繰り返そうと
同じものは一つもない
樹々が地を覆《おお》い尽くそうと
同じものは一つもない
鳥や馬がいかに群れをなそうと
同じものは一つもない

同じものが一つとてない世界だから
すべては一つに結びつく

違うほど強く
違うほど深く
一つになる
不可触《ふかしょく》の神秘よ

一人ひとりが我《われ》を離れて他を想うとき
世界はかけがえなき歌をうたう
一人ひとりが永遠なるものに根ざすとき
不壊の出会いが織《お》りなされてゆく

知られざるものの声　一九八九　五―六※

永遠のまどいを生きる

つかず離れず
群れようとする人の心は
孤独を嫌うのに
寂しさに満ち
安心を求めるのに
不安で一杯になっている

けれども
永遠のまどいを生きる人は
行動の根をひとつにする
存在の根をひとつにする
離れていても遠くにいても
同じ道を
ひとつになって歩いている

八五〇二※

魂の光

絶対に冒《おか》してはならない
一人ひとりの内なる
魂の光

自らを超え
血と民族をも超えて同通《どうつう》する
厳《おごそ》かなるいのち

現象・実在の世界を問わず
幾億万の諸霊・諸存在を問わず
すべてと共に歩むための絆《きずな》

九一〇八

一人の開けが全体の開けとなる

世界とあなたを分かつものはない
宇宙とあなたを隔てるものはない
神とあなたを遮《さえぎ》るものは何もない

皆が世界と向かい合い
誰もが宇宙と響き合い
一人ひとりが神と語り合う

だから
一人の道が万人の道となり
一人の開けが全体の開けとなる

九八〇六

「その時」が訪れる

かけがえのない
一つひとつの現実の底に
一人ひとりの深みに
見えない絆に織りなされる
本当の世界のすがたがある

自らをむなしくした
托身《たくしん》の祈りが立ち上る　切に危急《ききゅう》の折
その内実が溢《あふ》れるようにあらわになる
「その時」が訪れるのである

九二一〇※

第 4 章　不壊の出会い

第五章　約束の地

信じていただきたいことがあります。

私たちがこの世界に、生まれ、生きてきたこと――。それは、偶然でもなければ、無意味でもないということを――。

あなたがあなたの故郷に生を享《う》け、あなたの家族と出会ったこと。友人たちと知り合い、幾つもの出来事を経験して、あなたという人格を形づくってきたこと。あの失敗を味わい、あの別れを経験したこと。心から楽しい思い出、忘れることのできない熱中。その一つひとつに必然があり、意味があるのです。なぜ、あなたがそうした人生を歩んできたのか。そのすべてに対する答えが人生には託されています。

人はその人が気づこうと気づくまいとどうしても果たさずにはいられない「願い」を抱いて生まれてきました。「願い」がまだ明らかになっていないとき、本人がまだ気づかないとき、それは「疼《うず》き」となってその人に苦痛や違和感を与えます。語りかけ、促《うなが》しを与え、はたらきかけて、「何か違う、何か違う、私が求めてきたものはこれではない……」という想いを引き出します。

長い間、気づくことなく放置されていても、何かのきっかけでその「疼き」を否《いな》むことができなくなる。忘れていても忘れられない、決して消し去ることもできない、身を細めても、骨を削《けず》っても近づかずにはいられない「願い」を誰もが抱いて生まれてきたのです。

つまり、あなたの中にも、やがて営まれる人生のすべてを貫《つらぬ》く「願い」が刻まれていたということです。たとえ、無目的に生きているように見えたとしても、あなたは今も、その「願い」の引力を受けながら、日々を生き、人生を歩んでいる――。

どの人生も、誰の現実も「約束の地」をめざす旅に他ならないということを忘れないでいただきたいのです。その旅は遙《はる》かな旅です。旅であることも知らずに出発することさえあるような心許《こころもと》ない道行き――。その途上で、人は、いくつもの呼びかけを受けながら、次第に、少しずつ、「約束の地」に近づいてゆくのです。がむしゃらに取り組むことも、慎重に進むこともその道のりです。迷いも失敗も、その手がかりです。否、「約束の地」とは必ず荒地《あれち》の彼方に位置し、沙漠を過ぎ越すことを求めるものです。

あなたにとって、目的地はまだ明らかではないかも知れません。約束を思い出せないかも知れません。でもそれは、すでに遙かな旅の、一部なのです。

「約束の地」への歩みはもう始まっています。

畢生《ひっせい》の願い

今はみな忘れていても
思い出すことさえできなくても
人生はおのずから
一点に収斂《しゅうれん》してゆく
悲願《ひがん》に引かれ
畢生の仕事に向かって進んでゆく

身を細め
肉を落とし
骨を削《けず》っても
求めずにはいられない
ひとつの願い

沁《し》みるように
刺すように
迫ってくる
ひとつの願い

人はみな光の使徒《しと》たち
たとえ
千里の苦役《くえき》が道をふさぎ
万里の受難が続こうとも
その願いを葬《ほうむ》ることはできない

存在の故郷　一九八八　十一―十二

約束の地

探しても答えが見えず
問うても理由のない
否《いな》むことのできない疼《うず》きを
なぜ人は持っているのか

せつない汗を流しながら
あくせくと生きなければならない
すべての人々の中に
隠れたまごころをもつ人々の中に

忘れてはならない
永遠の悲願がある
無限の彼方《かなた》へと誘《さそ》う
約束の地がある

魂の巡礼　一九九二　一―二

地上に生きることを待ち望んだ魂たち

人は皆
いかなる束縛《そくばく》を受けようとも
いかなる試練に出会おうとも
それでも
世界に生まれることを願った魂たち

地の響きの中
天の光を仰《あお》いで
変わることのない神理を求めるために
地上に生きることを待ち望んだ魂たち

九四一〇

人はみな新しい自分を求めている

幸せを求めてきたはずなのに
「どこか違う」と
心の疼くときがある
人生なんてこんなものと嘯《うそぶ》いても
「何か違う」と
魂の声がする

誰から聞いたのでもない
すでに知っていたことがある
誰に教えられたのでもない
もとより抱いていた願いがある

だから人はみな
新しい自分を求めている
もう一度生まれることを待っている

九〇〇五※

根源の願い

「一《いっ》なるものに出会いたい」
「一なるものを体験したい」
「人々と一つに理解し合いたい」
「すべてのものと一つになりたい」

あなたが胸の奥底《おくそこ》に抱いている
最も深く最も根源的な願い

人間のあらゆる想いが
ここから溢《あふ》れる
人間のあらゆる行動が
この悲願につながる

八七一一

願いと業《カルマ》

交われば
混乱を生ずるのが世の中の常
離れれば
寂しさを覚えるのが人の常

けれども
巡《めぐ》り合う人々に心を尽くし
あらゆる出会いに仕合わせを祈る
素直なこころのはたらきが
誰の胸にも秘められている

人はみな
願いと業を抱いて歩む

八七〇二

無限なる生命力の主人として

なぜ人生は輝きを失うのだろうか
人は
多くの限界を内外《うちそと》にみる
あきらめては
倦怠《けんたい》の心を生じ
生きる力を萎《な》えさせている

けれども
限りがあるのは
唯一《ゆいいつ》　人生の時である
繰り返されない出会いである
一刻も早く
自己に目ざめて
無限なる生命力の主人として
生きなければならない

八六一〇

すべてを条件として

人は生まれることによって
多くの衣を纏《まと》う
人は生きることによって
様々なはたらきに就《つ》く

しかし
源《みなもと》は　一個の魂
原点は　一人の求道者《ぐどうしゃ》

すべてを条件として
永遠の道を歩んでゆく

九六〇二※

地上に降《お》りし　あまたの天使たちよ

たとえ
千年の空白があろうとも
果てしない流浪《るろう》に疲れようとも
人はみな
消え去ることのない願いを持ち
忘れることのできない約束を抱く

地上に降りし　あまたの天使たちよ
時は充《み》てりとの声が
地に響き天にこだまする時
眠れる魂を目覚めさせねばならない
横たわる魂を立たしめねばならない

約束　一九九四　一―二

遠い記憶

生まれてくることは
人間の宿命《しゅくめい》をあえて引き受け
そこから使命《しめい》への道を探そうとする
一人ひとりの冒険である

生きてゆくことは
歴史の中で　人間が夢見続けてきた
自由と愛を基《もとい》とした
共同体の実験である

冒険と実験
それは魂に刻まれた
遠い記憶であり
約束である

九七〇一※

忘れることのできない約束

何かに応えるために
人は世界に生まれてくる
何かを思い出すために
人は時代を生きている

時を超える遥《はる》かな後悔が
誰の内にも疼《うず》いている
忘れることのできない約束が
一人ひとりを導いている

九六〇九

必然

一人ひとりに
消え去ることのない必然が隠《かく》れている
一つひとつの胸の奥に
時を超える必然が眠っている

その「必然」を探し出すこと
その「必然」を引き出すこと

それが
人生《い》きる道

九八〇三※

霊的な出発

霊的な出発

物質的な刺激に満ちた
外的な生活の中に
こころへの静かな道を拓《ひら》く
見えない絆《きずな》に応えるはたらき
神とつながった人間の本質への
深まりゆく道を拓く

九二〇一

永遠を知る遙《はる》かなまなざし

自我を見つめ
自我と闘い
自我を超えゆく歩み

肉体の五感は
次第に静かに働き
魂の五感が
花開くように目覚める

永遠を知る
遙かなまなざしが生まれてゆく

九三―一※

深みにひらかれてゆくために

虫が鳴くように
星が輝くように
限りを尽くして時を送りたい

雲のごとく
水のごとく
すべてを静かに受けとめて流れてゆきたい

忘れ得ぬ日々を重ねるために
自らも知らない自分にめぐり逢《あ》うために
仮りそめの営みを超えて
思いもかけない深みに
ひらかれてゆくために

約束　一九九四　九―十※

本当の声

楽しいからといって
悲しみがないとは限らない
苦しいからといって
喜びがないとは限らない

いくつもの仮面の下に
隠れている本当の顔
いろいろな言葉の下に
潜《ひそ》んでいる本当の声

本心を探し当てること
至福《しふく》の道はそこから始まる

創世　一九九五　三－四

第六章　魂の深淵《しんえん》

人生の深みは、成し遂《と》げたことの大きさや社会的な評価にあるのではありません。それは、人生をどれほど深く愛することができたか、一つひとつの出来事をどれほど深く味わえるかということにかかっていると思うのです。

誰もが生まれ育ちの中で身につけてきた自分自身の感じ方や考え方を抱いています。それらはあまりに当然のこととして私たちの心に貼《は》り付いています。人生を深く味わうとは、その当然自然となったこれらの尺度を砕《くだ》いてゆくことに他なりません。

できるかできないか、好きか嫌いか、得か損か……。それだけではない生き方があります。自分自身の様々な尺度に束縛《そくばく》されず、もっと大きな目で世界を見つめ、もっと広い心で現実を受けとめる——。もっと繊細《せんさい》に出会いを感じ取り、もっと深く事態に耳を傾ける——。新しい感性と新しい発想と新しい行動。それは、誰にも開かれた可能性です。

耳を澄《す》ませてください。

心を静かにし、目を開いてください。

あなたの中には、あなたがまだ気づいていない自分が眠っています。あなたの中には、あなたが知らない感じ方考え方が隠《かく》れています。ものごとをまったく異なる感じ方で受けとめ、まったく異なる発想で考え、まったく異なる仕方で判断し行動できる可能性があるのです。

他人の目や評価や評判を気にしてしまうあなたの奥に、「時」の本当の必要と必然に応えようとするあなたがいます。表面的な印象で反射的に動いてしまうあなたの内に、自分の本心に基づいて、事態の本体を見極めて行動できるあなたがいます。そしてさらに、その事態に呼びかけられている神意《しんい》を受けとめて、それを生きることのできるあなたがいるのです。

それは、表面的な意識とはまったく異質な魂の次元に根ざすあなたという存在です。せわしない意識から遠く退くことによって、はじめて触れることのできる魂の領域・魂の次元。その領域と次元をあなた自身が確かに抱いていることを忘れないでいただきたいのです。

そのように深いつながりと、力と智慧《ちえ》を抱いたあなたをどれだけ呼び出すことができるでしょうか。もともと抱いている、そのあなた自身への歩みは今現われている自分自身との絶えざる闘いをも意味します。それは、本当の意味で、あなた自身を信じ、あなたが抱いている本心を真に大切にするということなのです。

人間の本当の力

生きてゆくために
人は力を要する
困難があればあるほど
その力がものを言う

日に日を重ねて
獲得《かくとく》される人間の力量

しかし　それさえも
核心《かくしん》のものではない

人間の本当の力
その人の
知られざる美しさは
遙《はる》か遠くからやってくる

道　一九九三　三–四

永遠《とわ》の旅人

どれほど立派でも
見映《みば》えがよくても
それが砂の城なら
やがて崩れる

どれほど心を注《そそ》いでも
夢中になっても
それが砂の城なら
心の離れる時がくる

人はみな永遠《とわ》の旅人
すべてを脱ぎ捨て
すべてをそこに置いたまま
旅立ってゆく

還《かえ》る場所
存在の故郷《ふるさと》を知る
永遠《とわ》の旅人よ

存在の故郷　一九八八　五－六

秘められたものの開花

一体誰が
小さな種に
実り豊かな姿を重ねるだろう
無力な赤児《あかご》に
歴史の創造を想うだろう

秘められたものの開花
隠れていたものの顕現《けんげん》は
もとより
人の意識を超えた
未生界《みしょうかい》からの約束であり
神秘の奔流《ほんりゅう》である

このまほろばに生まれた人々よ
思い出すこと

深みに下って思い出すこと
新しい開けとは常にそこにある

讃歌《アリア》　一九九〇　一―二

深淵《しんえん》

人はみな
自らの内に
深淵を抱いている

普段は
忙しさと慌《あわ》ただしさに紛《まぎ》れ
その存在にさえ気づけなくても

試練の時　困窮《こんきゅう》の時
突然　淵《ふち》は口を開け
人を恐れおののかせる

しかし　その淵は
人間の根源を教え
世界の真実に通じている

九九〇三※

静謐《せいひつ》な場所

どんなに水面《みなも》が波立とうと
水底《みなそこ》はいつも変わらぬ姿をたもつ

沈黙の深淵
静謐な光の園
過去未来の無限の記憶と眺めを
魂は湛《たた》えている

深みからの誘《さそ》いを受けたなら
今すぐにもためらわず
その場所に還《かえ》ろう
深く深く深く降りてゆこう

源流回帰　一九九一　三―四

驚くべきものの実在

表面から退かなければならない
深くそして深く
内なるものに向かって
沈潜《ちんせん》しなければならない

呼びかけに耳を傾け
神仏《かみほとけ》の息に身を托《たく》し
祈りと共に
沈黙が支配する深淵に
降りてゆかなければならない

そこにはすでに驚くべきものの実在がある
暖かく　穏やかで　静謐な光に満ちあふれた
魂の存在
無限の時と場を超えて生き続ける

魂の存在

人は誰でもその実在を見出すことができる

八五〇八※

根源の風

向かい合う静けさの中に
どこまでも深く
沈みゆこう

ひっそりと降り続く雨のように
どこまでも限りなく
浸《し》み入ってゆこう

太古《たいこ》から変わらぬ
根源の風を聴《き》き
根源の光を見るために

道　一九九三　一―一

不滅《ふめつ》の光

亡《ほろ》びゆく肉体の中に
失われることのない「いのち」の力がある
壊れることのない「絆《きずな》」の次元がある

時を恐れる人間の内に
場に埋《う》め込まれる意識の底に
不滅の光が輝いている

九四〇八

魂の火

誰の中にも消えることなく
魂の火が燃えている

誰の中にも尽きることなく
魂の火が輝いている

世界を支え
人生を成就《じょうじゅ》するために
生まれてきた魂は

その熱を忘れてはならない
その光を見失ってはならない

九九〇九

心の王国

心の王国は
一人の王国である
何人《なんぴと》もそれを侵《おか》すことはできない

しかしその王国は
すべての心と
響き合い応え合う

世界そのものに開かれて
海のようにつながっている

九三一二

静寂心《せいじゃくしん》

静寂心とは
実相《じっそう》を観《み》る心である

あらゆる現象の中に
不思議の光明《こうみょう》を見る
あらゆる存在の中に
礼拝《らいはい》すべき仏性《ぶっしょう》を見出す

そのとき
心はおのずから
大地のように
海のように
静かになってゆく

八八〇一※

一心《いっしん》

さまざまな違いを見せる
山川草木《さんせんそうもく》に
変わりない
一《いっ》なるいのちが宿るように

人みな一心を抱く

慈悲の釈尊《ブッダ》も
愛のイエスも
智慧のソクラテスも
そして
迷い躓《つまず》きながら歩むあまたの者たちも
変わりない一心を抱いている

八八〇二※

自他《じた》を照らす光

時と場に変わりなく
瞬刻《しゅんこく》のまごころを尽くせば
それだけで
自他を照らす光となろう

一息《ひといき》に　全宇宙が潜《ひそ》み
一念《いちねん》に　三千世界《さんぜんせかい》が映じ
一声《ひとこえ》に　万象が響き
一見《いっけん》に　一切の仏性が輝く
内なるいのちのすがたそのままに

八四一二

調和への意志

真の歓びと恵みに出会うために
日に日にわが魂に深く
根を下ろすものを見よ
刻々とわが魂に偽りなく
沁《し》み入るものの声を聞け

単に
希望とは呼べぬ
夢とは呼べぬ
しかし
決して輝き薄れることも
忘れ去られることもない
それらは変わることのない光を導く
調和への意志である

八四〇四※

共振する魂

誰もが
名もない一草一木《いっそういちもく》に
ときめく心をもっている
忘れられた瓦礫《がれき》の一塊《いっかい》に
心底傾ける耳をもっている
すべての人が
森羅万象《しんらばんしょう》の神性《しんせい》に
共振する魂を抱いている
そして宇宙の片隅で
広大無辺《こうだいむへん》の光と物質の相剋《そうこく》を
熱く見守るまなざしも

不要なものを退けて
この魂の切なる悲願《ひがん》に向かって
意向《いこう》を整えよ

打ち続けられる天与《てんよ》の波動に
魂を調和させよ

八四〇七※

魂の悲願《ひがん》

意識の底深く
神の光に育まれる愛の願いを
一つひとつの魂の中に
汲《く》み上げなければならない

地下に眠っていた愛の力を
世界に隠された叡智《えいち》の雫《しずく》と結びつけ
現象として結晶させるために
強く念じなければならない

それが永劫《えいごう》の流れを貫《つらぬ》く
魂の悲願

八七〇八※

天上的希求《ききゅう》と地上的郷愁《きょうしゅう》

こころの偉大性に目覚めなければならない
凛《りん》とした大樹のように
一途《いちず》に天に伸びてゆくこともできる
名もなき雑草のように
不壊《ふえ》に結び合うこともできる

魂のうちには
孤高《ここう》の天上的な希求と
親和する地上的な郷愁が
和音のように響いている

想いとことばと行ないの一切が
智慧と慈悲《じひ》に満たされるまで
絶えることなく念じ続けよう

一挙手《いっきょしゅ》一投足《いっとうそく》が
濁《にご》りを忘れて透明になるまで
怠《おこた》らず光を念じてゆこう

八七〇六※

三つの河

外見や立場に閉じ込められた
矮小《わいしょう》な人間像から
無限と永遠につながる本質を
取り戻さなければならない

生命宇宙を含む肉体の流れ
時代と歴史を映す意識の流れ
神意を分有《ぶんゆう》する魂の流れ

人間とはこの三つの河を結び
再び後に送り出す結節点《けっせつてん》である
見えない遺産を引き受けて
それに応えてゆく偉大な存在である

九〇〇八※

独自の力

全く同じに
時を呼吸する人はいない
全く同じに
世界を見つめる人はいない

誰にも独自の魂の力がある

一人ひとりが自分の中心から
生き始める朝
その時を待ち望む

九二〇七

火のように燃える時

花ひらく頃に
心に満ちる想いひとつ
花実自然《かじつじねん》

人は誰も比べることのできない花を抱き
花はそれぞれの道におのずから咲く

いつか
その人の内なる力が
火のように燃える時が来る
その人の内なる光が
泉のように溢《あふ》れる時が来る

約束　一九九四　三―四

どうして　驚き　怒り　祈らないのか

どうして　驚かないのか
どうして　怒らないのか
どうして　祈らないのか
驚きもなく怒りもなく祈りもない日々には
生ける屍《しかばね》のように魂は横たわる

寒い寒い北の夜にあっても
暑い暑い南の昼にあっても
魂の法則は変わらない
内からやってくるものだけが魂の力となる

純粋の驚きなくして
目ざめることはできない
純粋の怒りなくして
立つことはできない

純粋の祈りなくして
歩むことはできない

聖なるいぶきによって
聖なるいのちによって
驚きと怒りと祈りを
一つに結ばなければならない

大地の瞑想《ディアナ》　一九八七　七－八※

われを叩《たた》け

われを叩け
われを鍛えよ

幾千年かけようと
果たしたい願いの強さ
幾万年過ぎようと
忘れられぬ願いの深さ

踏まれるほど
たくましくなる深奥《しんおう》の意志よ
砕《くだ》かれるほど
輝きまさる実存《じつぞん》の炎よ

源流回帰　一九九一　七－八

光に向かう念《おもい》

一念三千＊4
三千世界に通ずる念《おもい》
三千世界にはたらく念《おもい》

邪《よこしま》な念《おもい》　虚《むな》しい念《おもい》は
必ず苦悩の縁起《えんぎ》を呼び起こす
暗転の因果《いんが》の種子である
光に向かう念《おもい》は
安らぎと調和を導く
光転の因果の種子である

言葉の壁もない
時空の境もない
念《おもい》の世界は
ひと続き　ひとまたぎ

八七〇七※

魂は思い出さなければならない

心は永遠を映しているか
無辺《むへん》を擁《よう》しているか
愛に満ちているか

永劫《えいごう》の時
何処《いずこ》にあろうと
自らが万生万物《ばんしょうばんぶつ》に一致する
いのちそのものであることに
魂は目ざめなければならない

二度と来ない今
一歩ずつ
神の心へのみちを
魂力《こんりき》を尽くして往《ゆ》くことを
魂は思い出さなければならない

八六〇一

自らに死んで自らに生まれよ

土は草に
草は血に
血は肉に
肉は土に
変転のうちに輝く
大地にならって

自らに死んで自らに生まれよ
自らに別れて自らに赴《おもむ》け
そして新しき存在として帰還《きかん》せよ

勇気をもたなければ
去ることはできないだろう
まことに目ざめなければ
還《かえ》ることはできないだろう

深みへのみちに五体《ごたい》を投げ出すとき
存在成熟の輪廻《りんね》がめぐりはじめる

大地の瞑想《ディアナ》　一九八七　一―二

第七章

人間の使命《しめい》

この地上に植物が初めて現われたとき、世界はその出来事をどのように迎えたのでしょうか。そこには、快哉《かいさい》の声が響いていなかったでしょうか。

それまで繰り広げられていた鉱物的な世界は、他の存在と相互に関わることもほとんどなく、それぞれがそのままに存在し続ける世界でした。一方、植物は自分以外の異質の存在たちとのつながりに根ざしながら、それらのいのちを味わい尽くして新たな生命となります。他を必要とすることで、自らが新たな生命として生まれ出るのです。それだけで何と素晴らしい世界の変容だったことでしょう。それは動物にも共通する特質です。

そして、そうであるならば、異質なものたちを必要とし、そのつながりを生きて自らを新たにするだけでなく、その一切を伴《ともな》って新たな生命へと昇華《しょうか》する人間が立ち現われたとき、世界の驚きはどれほどのものであったでしょうか。自然という安定した秩序の中に、自他ひとつになってそれを超える新しい秩序を導く人間。自他を伴って神的《しんてき》生命になりゆく道のりを歩む人間の出現は、この世界にとってまったく不連続な事件だったはずです。

人間は人間であることによって、自らを振り返り、他を愛することができます。人間は人間であることによって、過去を想い、未来を考えることができます。自分の心の中に宿った願いを外界に具現することができます。逆にそれらは皆、人間でなければ現わすことができない人間の権能《けんのう》に他なりません。つまり、人間として生まれたならば、私たちはその内と外を結ぶ権能こそを発揮して生きることを予定され、待たれているのです。

人は他人とは違う条件を背負ってその人生を始めます。誰もが他の誰とも異なる人生を生きています。あなたの人生には、あなたにしか生きることのできない現実があり、あなたにしか応えることのできない人生の仕事があります。

しかし、それだけではないのです。それぞれの違いを超えて、人間であることそのものからくる「共通の使命《しめい》」を抱いているのが、私たち人間であるということです。

日本に生まれても米国に生まれても、欧州に生まれてもアジアに生まれても変わらない人生の目的があります。千年前に生きても百年前に生きても、百年後に生きても千年後に生きても変わらない人生の本質があります。どんな境遇の下《もと》でも、どんな運命の下でも、変わらない人生の物語があります。

一切を引き受けて、一切を伴って、深化の道を歩む。一切を見守りながら、一切と共に神的生命となりゆく――。それこそが人間の使命。「私たちが人間である」というもっとも基本的な事実が輝かせる道なのです。

内なる息吹《いぶ》き

一人ひとりの中に
限りを超えて
他を愛する心が息づいている

自らを開き
自らを超えて
世界とひとつになろうとする
内なる息吹きが渦巻《うずま》いている

九四〇三

確かなヴィジョン

誰の心にも
暗転の現実を光転し
一切を再生へと導く
指導原理《しどうげんり》*5が浸透《しんとう》している

誰の内にも
未来をさらなる深みに拓《ひら》き
中道《ちゅうどう》の波動をもたらす
確かなヴィジョンが存在している

九五〇五

人間の叡智《えいち》

人々が長き時をかけて求めてきた
完全なる智慧《ちえ》――

しかし　それは決して
完結したものではなく
やり取りできる「物」ではない

それは　魂の内なる力――
本質への絶えざる探究そのもの
真実《イデア》への飽《あ》くなき接近そのもの
それこそが人間の叡智の実体である

九七〇七※

光を世界に返すことができる

時代と地域の業《カルマ》に
呑《の》み込まれざるを得ない人間
しかしその宿命《しゅくめい》は
一人ひとりに与えられた使命である

人間だけが
闇を身に引き受け浄化《じょうか》して
その光を世界に返すことができる
宇宙進化の精緻《せいち》なしくみなのである

九五〇七

世界につながった魂の力

世界につながった魂の力
人々を内に包む心の広がり
人生の必然を知る生命の光

それらはみな
想いを超えた強さを持つ
限りを超えた輝きを放つ

九五〇二※

光は内から輝く

光は内から輝く
力は内から訪れる

すべてのはじまりと
すべての源《みなもと》は
心に発し
心に抱かれる

想いとは心に描《えが》いた相《かたち》
念とは今の心を貫《つらぬ》くもの
今を貫いて心に描かれた相《かたち》が
外の世界にあらわれてゆく
あらゆる現象と
あらゆる創造が
そこから生まれてゆく

八七〇九

歴史をつくる

一人の志《こころざし》が
何につながるか
一人の願いが
何を起こしてゆくか
それは限りを知らない

一人ひとりの目覚めが
時代を支え
一人ひとりの転換が
歴史をつくる

あなたの内なる使命
あなたの遙《はる》かなる約束

九六〇六

人生を変える力

一人ひとりの中に
人生を変える力が眠っている

一人ひとりの中に
世界を創る力が宿っている

具現とは　その内なる力を使って
願いと現実を結ぶ
智慧と愛の歩みである

九四〇六※

唯一つの鍵《かぎ》が
人々の内に未だ眠る

九〇〇一※

絶対音階《ぜったいおんかい》

人知れず空気の如く
いたるところに忍び入る
ニヒリズムと拝金《はいきん》主義の病
エゴイズムと快楽主義への傾斜《けいしゃ》

「これではいけない」との良心の声も
またたく間にかき消され
一切を怒濤《どとう》の如く呑《の》み尽くす

しかし魂の光ならば
この巨大な流れを打ち砕《くだ》く
一人ひとりの奏《かな》でる絶対音階だけが
共鳴の響きを放つ

諦《あきら》めてはいけない

時の真理

時はすべてを生み出す

過去の変貌《へんぼう》
現在の深化
未来の顕現《けんげん》

そして　その鍵を握るのは
人間に他ならない

一切を内包する「時の真理」
一切に応えうる人間

九五〇九※

時代の衝動《しょうどう》

時の流れに支配され
世間に呑《の》み込まれ
人々に押し流される人間

しかし
その小さく弱く頼りない
人間の中に
歴史の呼び声を聴《き》き
人々の痛みを癒《いや》す力が
生まれてくる

その暗く揺れ動く
人間の中から
世界の必要を満たし
時代の衝動を掴《つか》む力が

立ち上がる

九七一〇

歴史の試練

心を圧《お》し殺す
「宿命」の重圧から
魂の力が目覚めてくる

事態を見失わせる
時代の閉塞《へいそく》から
自由の風が漲《みなぎ》ってくる

歴史の試練
忍土《にんど》*1の蹉跌《さてつ》
そこから
神意《しんい》の光が洩《も》れてくる
存在の本質が立ち上がる

九七〇二

絶対の定《さだめ》

生命《いのち》あるものは
必ず滅び
形あるものは
必ず崩《くず》れる

絶対の定の下で
しかし　魂は
それに抗《あらが》い
逆流を起こそうとする

魂の本質は
混沌《こんとん》に秩序をもたらし
物質を光と化す

魂の本質は
時を超えて
源《みなもと》に回帰する

光跡　一九九七　五－六※

新しい色心束《しきしんそく》*6

新しい色心束を起こすことは
新しい世界の創造に等しい

それほど
三つの「ち」*2に結びつく
古い色心束の支配力は強く
世界の真実を殻《から》で覆《おお》ってしまう

それを打ち破る
新しい色心束の確立こそ
新しい人間の誕生である

九九〇七

魂の強さ

魂には
裸で
世界を歩む力がある

魂には
おのずから
世界を切り開く智慧がある

魂の強さ
魂の深さ
それを信じてほしい
それを思い出してほしい

九八〇五

微光《びこう》

歴史を照らすのは
強い光
まばゆい光
激しい光だけではない

風に吹かれる
淡雪《あわゆき》のように
内から滲《にじ》んでくる
微《かす》かな光が世界を支えている

新しい時代は
いつも
一人ひとりの中から輝き出す
いつも
地を圧《お》し上げるように生まれてくる

光跡　一九九七　一―二

第八章

創世《そうせい》

今私たちは新しい時代の始まりに立ち会っています。そこにあなたはどのような未来を見つめているでしょうか。第三千年紀、二十一世紀と言っても、ただ年数が変わるだけだと思っている方もあるでしょう。私は、新しい時代にはその時代に現われるべきものが必ずあると思っています。二十一世紀には二十一世紀でなければ実現できない予定された青写真があると――。そして、それを生み出し創り出すことが、この同時代に生きている私たちの共通の責任なのではないでしょうか。

けれども私たちは、世界に対して、人生に対して、たくさんの先入観を抱き、限定ばかりを与えています。「自分だけが頑張ってみても」「自分なんかどうせ」「自分一人くらい、やらなくても」……そうしたつぶやきに、知らず知らず心を支配されている人が、どれほど多くいることでしょうか。それはまた、自分が抱いている責任を大切にしないことでもあるのです。

自分がこの世界に生きていることに意味を認め、誰もが世界に対するささやかな責任に目覚めることができたら――。それによって私たちは、世界とつながり、ひとつになることができます。共に前に進み、歩みを深めてゆくことができるのです。

考えてみてください。人間の歴史は、力も立場もある誰かがその変革をもたらしてきたという印象はないでしょうか。多くの人々とは隔絶《かくぜつ》した選ばれた人間が特別の能力と叡智《えいち》をもって、時代の方向を定めてきたと――。

しかし、そうではありません。いつの時代も、時代の変革は、名も知れない一人ひとりの内側から始まっていったのです。旧来の価値観やライフスタイルに飽《あ》き足らず、新しい考え方、新しい生活に自分を投げ出す人々が必ず存在していました。時代の衝動《しょうどう》を感じ取る一人ひとりから時代の変革は静かに始まる――。それはこれからも変わらないでしょう。

大切なことは、そのとき彼らが皆「私にできることは何か」「今しなければならないことは何だろうか」と自らに問いかけていたということです。

その姿勢によって、私たちは世界を創る一人となります。時代が抱える問題を引き受ける一人となります。来たるべき社会を具現しようとする一人となります。私たちの世界は誰かが創ってゆくのではなく、私たち一人ひとりが創造の担い手です。自分自身が、新しい扉《とびら》を開くか、それとも扉の内側にとどまるのか、そのことを私たちはいつも問われているのです。

だからこそ、私たちはいつも絶えず「私にできることは何か」「今大切にしなければならないことは何か」――この言葉を常に、自分に投げかけていたいと思うのです。

やがて来たるべき時代のために

現代の苦悩は深い

花を愛《め》で鳥をいつくしむ心が
いのちを軽んずる
子は尊く性は尊いのに
事もなげに卑《いや》しめる

物があふれ
便利になっても
空《むな》しさが大きな口を開《あ》けている

すべての存在と時が
かけがえなくされるのは何時《いっ》
あらゆる人生が
花ひらくのは何時《いっ》

やがて来たるべき時代のために
生まれてくる子らのために
何を伝えたらいい
何を遺《のこ》したらいい

知られざるものの声　一九八九　十一―十二

歴史の奔流《ほんりゅう》

渦《うず》巻《ま》く力を映しながら
時代は回る
幻想《げんそう》への誘惑と本質への憧《あこが》れに揺れながら
人々は流れてゆく

古き夢を新しくしても
現在の道に先を継《つ》いでも
未来は見えてこない

深みへの切望《せつぼう》が極まらない限り
中心への回帰が切実にならない限り
扉が開くことはない

けれども
来たるべき世界はやがて姿を現わす

本来の流れは必ず堰《せき》を切ってあふれ出す
歴史の必然とはすべてを包容《ほうよう》する奔流《ほんりゅう》
人はその流れの底に投げられた骰子《さい》

埋火《うずみび》　一九九九　九―十

真実の伝承《でんしょう》

まことを失うな
まごころを忘れるな

一時《いっとき》なら嘘で欺《あざむ》くこともできる
一時なら力で仲間も増えるだろう
一時なら金にまかせて好きにできる
一時なら悪政も栄えるだろう

しかし決して
長くは続かない
永遠の流れに
残るものはない

真実の伝承は
まごころが
時空《じくう》を超えて
人々の心を打つこと
まことの響きが
深い淵《ふち》を超えて
人々の胸に届くこと

存在の故郷　一九八八　七―八

愛を第一の動機として

人間のすべての営みを
いのちの次元から
見直すときが来ている

見えざるものの響き
知られざるものの声に
耳を傾けるときが来ている
見失われた「存在と生命の環《わ》」を
再結《さいけつ》するときが来ている

来たるべき時代に向かって
愛を第一の動機とする
魂の運動を始めるときが来ている

八九〇一

闇に立ちのぼる祈り

いつ人は
天の涙を見るか
地の嘆《なげ》きを聞き
海の怒りを知るのか

幻《まぼろし》の必要を惹《ひ》き起こす
輪廻《りんね》の中で
いのちの環《わ》は次々と断たれている

痛みに満ちた文明のこの暗夜《あんや》
崩壊の道を脱するには
もはや人間の苦悶《くもん》では
及ばぬかも知れない

しかし

闇に立ちのぼる祈りに
祈りと化した人々の行動に
もし　一すじの光が射《さ》し込むなら
私はそこに希望を見よう
私はそれを奇蹟《きせき》と呼ぼう

讃歌《アリア》　一九九〇　十一―十二※

痛みを通しての連帯

時代の亀裂《きれつ》に
猶予《ゆうよ》のない現実が
押し寄せている

しかし
どれほどの危機であろうとも
結果だけを変えることはできない

現実への厳粛《げんしゅく》な認識
原因に対する深い洞察
そして何よりも
運命の共同感が必要なのである

希望の道は
痛みを通しての連帯である

八九一〇※

弁別《べんべつ》せよ

無辜《むこ》なるものの抹殺《まっさつ》
無力なる人々への献身《けんしん》
それがともに人なせる業《わざ》としてある
世界を一瞬に灰燼《かいじん》に帰《き》す力
自然が永遠に示し得ぬもう一つの調和
それがともに人の手の内にある

光と闇きわまる人間よ
その無限の力の分水嶺《ぶんすいれい》は何処《いずこ》に
源《みなもと》なる第一の動機は何か

弁別せよ
邪《よこしま》な風吹くこの時代なれば
真実の孕《はら》み充《み》ちるこの時代なれば

源流回帰　一九九一　十一－十二

新しい霊性《れいせい》の時代

魂の自由が輝く
新しい霊性の時代

部分と全体
可視《かし》と不可視
光と闇
それらを一つに結び
全体で一つのいのちに奉仕する
新しい感覚が目覚める時代である

九二〇三※

歴史とは遙《はる》かなるもの

人間の未来は
深みに根ざすことなく
見えてくることはない

けれども
歴史とは遙かなるもの

偶然や
人間の恣意《しい》に左右されながら
まったくゆるぎなく
本来の流れを現わしてゆく

神だけが
その場所を知り
その意味を知る

新しい地平に向かって

道　一九九三　十一―十二

新しい国

すべては今はじまる

営々と築かれてきた文明も
脈々と続いてきた生命の歴史も
ただ引き継がれるばかりのものではない

全く新しく
内側からそして虚空《こくう》から
降《お》りるように生まれる何かを待っている

深い願い
遙かな願い
その光が海のようにつながったとき
新しい国が生まれる
新しい時代がはじまる

約束　一九九四　十一－十二

伝承

失われた
千古《せんこ》の道が
目の前に甦《よみがえ》る

見えないはずの
地下水が
あらわになって湧《わ》き出す

伝承とは
時を超えて
変わることのない神理が
流れはじめること
かつてない救いが
今新たに起こり続けること

九五一一

現われる光

遙《はる》かな歴史が物語る

社会が大きな混乱に陥《おちい》るとき
それを救う存在が現われる
人々が大きな苦しみの中にあるとき
それを解き放つ力が生まれ
世界が深い幻滅《げんめつ》の危機に曝《さら》されるとき
それを乗り越える希望が立ち上がる

まず人が現われ
そしてはたらきと力が生まれる

闇の中から輝き出す光の真実

九六〇四

永遠の歴史

一日とて怠《おこた》らず
一瞬とて忘れない
一念のみが
伝承を実体にする

千年の孤独と
千年の忍従《にんじゅう》に
堪《た》えるものだけが
時を不滅にする

無限の深淵《しんえん》と
具体の現実を
ひとつに結ぶ魂が
永遠の歴史をつくる

光跡　一九九七　九―十

新たな深化

二つの世紀が
衝突《しょうとつ》する今
誰もが
必然をもって生まれてきた

新旧の意識が
せめぎ合うこの時
誰もが
願いを秘めて生まれてきた

未だ実現されたことのない
精神と現象の融合に向かうために
内を見つめ　内と外をつなぐ
新たな深化を果たすために

九八一二※

危機の本質

現代は危機の時代である
しかし　それは
外的な困難や
問題の山積《さんせき》ばかりではない

「内を見つめ　内と外をつなぐ」
新しい生き方を阻《はば》み
「内を軽視し　外だけを変えようとする」
態度の蔓延《まんえん》こそが
現代の危機なのである

危機の本質とは
古い信念の体系と
新しいまなざしの体系の
衝突と葛藤《かっとう》である

九九〇五※

解決と創造の新しい次元

新しい時代は
人間の中心にある魂に注目する
魂が支える
心と現実の関わりに着目する

そこから
心と現実を一つに結ぶ
解決と創造の
新しい次元が開かれてゆく

九九〇六※

淵底《えんてい》の光

半壊《はんかい》した文明の足元に
現代という夜が口を開ける
否定と苦悩の魂の暗夜《あんや》が
漂流《ひょうりゅう》の時とともに訪れる

闇は闇を重ね
しかし
深淵《しんえん》は深淵を呼ぶ

闇は闇を深め
しかし
深淵は深淵を拓《ひら》く

その底に
本質は現われるだろう

その淵《ふち》から
未来は現われるだろう

未来紀元　二〇〇〇　九―十※

見えない軌道《きどう》

人間が頭で考えることは
いかに壮大《そうだい》緻密《ちみつ》な計画でも
空《むな》しさを逃《のが》れることはできない

その時その時の
呼びかけに応える人たち
その時その時を
誠実に歩む人たちは
思いもかけぬ時に
底知れぬ深みにひらかれ
思いを超えて
忘れていたものをもたらされる
効用《こうよう》の地平ではなく
現象の円環《えんかん》が絶えたところに始まる

見えない軌道を
辿《たど》らなければならない秘密

創世　一九九五　五―六※

中心

中心とは何か

事態の本質
出会いの意味
時代の衝動《しょうどう》

それを知るために
それを摑《つか》むために
風起こる深淵に
光生まれる混沌《こんとん》に
いのち孕《はら》まれる根源に
遡《さかのぼ》らなければならない

それは遠い道である
しかし

そこに至らなければならない
そこから始めなければならない

イデアの光　一九九八　五―六※

地図にない国

すべての人が　たとえ
離ればなれに住んでいても
心を一つにできる家を
私はつくりたい

すべての人が　たとえ
違う言葉で語っていても
一つの魂になる国を
私は探したい

世界の源《みなもと》の響きに
じかに触れるような場所
時を超えて
人知れず流れてきた地下水が

そのまま溢《あふ》れているような場所
そんな遥かな家　地図にない国に向かって
私は歩いている

創世　一九九五　一―二※

第九章　イデアの光

二十世紀、人間は、めざましい物質的な発展を手にしました。便利になり、豊かになった生活を享受《きょうじゅ》しました。その時代にずっと共通していたのは「内を軽視し、外だけを変えようとする」態度です。その態度によって人間は、一見自律《じりつ》し、効率化した文明生活を実現してきました。不都合や矛盾が生じても、真に自らを振り返ることもせず、拡大と上昇の生活を次々に進めてきました。

確かにそれはめざすべき二十世紀の一端であったのかも知れません。しかし、新しい時代をそのやり方でさらに推し進めることはもうできないことを、誰もが痛感しています。

人間に呼びかけられているのは、新しい時代の創造です。そのために、人間という存在に与えられた権能《けんのう》を本当の意味で受けとめることが必要です。内と外、精神と現象の次元を一体のものとして生きること。内を軽視することなく、外だけを変えようとすることなく、「内を見つめ、内と外をつなぐ」態度によって新しい時代を築いてゆかなければなりません。

そして様々な次元で、側面で、創造の歩みを深めてゆくことが求められています。新しい人間関係、新しい生活、新しい政治のあり方、新しい産業のあり方、新しい経済のしくみ……。それをどのように創造してゆくのか——。その鍵《かぎ》は、実は「解答はある」という事実そのものなのです。

創造について、私たちには誤った先入観があります。これまで成し遂《と》げられた創造がまったくの無から有を生み出すことであったと思い込んでいることです。しかし、そうではありません。病を治療する方法も、空を飛ぶ飛行機も、文明生活をもたらした様々な電化製品もそのすべては、実在の世界の青写真にひたすらに近づこうとした結果生まれたものばかりです。創造とは、無から有を生み出すことではなく、すでに存在する青写真にアクセスすることに他ならないのです。

実在の次元に確かに輝いているイデアの光。そのイデアとは、人間の精神に降りてくる青写真です。私たちが考え実現しようとするもののすべてに青写真があり、イデアがあります。求めるべき「解答」はすでに存在しているのです。

そして、すでに「解答」が存在しているということが、それを探し出そうとする私たちにとってどれほど助けになることでしょうか。私たちに求められるのは、諦《あきら》めることなく、青写真に、見えざる「解答」に、アクセスし続けることなのです。

未だ明らかにされていないイデアの光を求めて、未知の青写真を探して――。

永遠の大河

真実を見た人は
それを伝える人となるだろう
真実を知った人は
それを生きる人となるだろう

そして神理は
変わることなく
永遠の大河として
流れてゆくのである

九一〇九

風は遠くから来る

風は遠くから来る
千万里の海の向こうから
億光年の宇宙の果てから
見知らぬ時を運んでくる

風は遠くから来る
陽が昇るずっと前
形が生まれる遙《はる》か以前の
一切の始源《しげん》を乗せてやってくる

風は遠くから来る
それは叡智《えいち》と創造の使者
風を見る者は現在《いま》を知り
風を聞く者は未来をつくる

イデアの光　一九九八　一-一

有難《ありがた》き世界のすがた

向かい合う万象《ばんしょう》のかげに
関わり合うひとびとのうちに
測り得ぬ神秘を想い
測り得ぬ畏敬《いけい》を覚え
そのひろがりが身にしみて
神仏《かみほとけ》の光の中
互いに仕《つか》えてひとつとなる
有難き世界のすがた

八四一〇

見えざるものとの対話

出会いを通じて
一《いっ》なるものに触れたいと
心は望んでいる

幼児《おさなご》が
父母を探すように
樹木《じゅもく》が
光を求めるように
魂は故郷《ふるさと》を想うのである

現象を超えて
力をもたらし
智慧《ちえ》をみちびき
私たちを育んでくれるもの

この見えざるものとの対話を
魂は欲する
さあ　だから
うちなる心の王国に旅立とう

八六一一

指導原理[*5]

人生は一人ひとりに与えられた宇宙である

誰もが心の重力から自らを解き放ち
自由と創造の次元に翔《と》び立つことができる

人は教えられずとも
内なる指導原理を持つ

つまずいても傷ついても
本当の自己へと
人生の仕事へと
自らを導いてやまない
内なる流れを抱いているのである

九一〇六※

天来《てんらい》の響き

天来の響きに耳を傾けよう
変わらぬ励まし
尽きることのない智慧と愛が
そこにある

天上の美しさと
地上の悲しみを
一つに結ぶ人間として
満ち満ちる
沈黙の声に応えてゆこう

九一一〇

一つはある

一つはある
確かなものが

だから
放り投げず
諦《あきら》めることなく
その一つに向かって
心を尽くすことだ

一つはある
変わらぬものが

だから
弛《たゆ》まず
忘れることなく

その一つのために
闘い続けることだ

その一つは壊れない
その一つは輝いている

イデアの光　一九九八　七－八

自らをひらく

人は誰でも
真実への鍵を手にしている
途方《とほう》に暮れるのは
それを忘れているからである

時への洞察も
ものごとに対する解答も
存在との対話も
すべて
扉《とびら》の向こうでは自在である

様々な雑音や
混沌《こんとん》とした想念に
惑《まど》うことなく
思い出さなければならない

内なる真実に向かって
自らをひらくことである

八八一二※

魂を救う力

手放しの自由や平等や安全などない
不備《ふび》だらけのこの世界に
深い癒《いや》しの力が流れている

様々に傷つけられ
数々の痛みにさらされる人々を抱擁《ほうよう》して
その魂を救う力が流れている

九二一二※

信ずる道

思い通りに
神を動かそうとする人間

けれども
人の想いを超えて
神は世界を愛する

信ずる道は
その神に応えることにある
その神に使われることにある

九三〇二

世界を根底から支える次元

この世は天国ではない
時の流れは万物を運び去り
様々なしがらみが自由を奪う
そして
そこに生きる人間の内にも
深い闇が横たわる

しかし
その世界を
根底から支える次元がある
一切の変化とかかわりを
統括《とうかつ》する次元がある

かなしみを癒す光の次元
永遠の生命の次元

九三〇五※

神はずっと待ち続けられている

見えないと言って
その手を拒《こば》む
聞こえないと言って
その声を否《いな》む

そんな人間を
神はずっと待ち続けられている

深い闇と哀しみを抱える者たちを
愛の光をもって
いつも抱擁されている

九三〇六

神との対話

出来事の紆余《うよ》曲折《きょくせつ》の裡《うち》に
ひっそりと告げられる声がある
歴史の積み重ねの中に
静かに示される光がある
心の奥からわき上がる促《うなが》しに
隠《かく》された聖なる導きがある

耳を傾け
目を見開き
心より求めるならば
今　降りてくるものに向かい合い
神との対話を織《お》りなすことができる

九三〇七※

ひとすじの道

目に見える歴史に隠れて
途切《とぎ》れることのない神秘の奔流《ほんりゅう》
現実の伝承《でんしょう》の奥に
絶えることのない魂の誠実

そこに身を委《ゆだ》ねるべき
ひとすじの道がある

すべては
この道にめぐりあうためであった

その日から
一切が意味あるものとなった
そのときから
一切が輝くものとなった

道　一九九三　七―八※

神

神とは
苦しみの横からではなく　その奥から
寂しさの上からではなく　その底から
近づいてこられる方

神とは
自然を自然のまま
日常を日常のままに
光溢《あふ》れる道を示される方

九四〇二

託《たく》される神意《しんい》

人間を誘《いざな》い続けてきたもの
人間を駆り立て続けてきたもの
そして
人間を惹《ひ》きつけてやまないもの

一つひとつの出会いの見えない光跡
現象の隅々に託される神意
魂が反射する神音《しんおん》の響き

人は誰も
永遠の求道者《ぐどうしゃ》である

九五〇三※

神理は力

神理は流れ入るもの
神理は沁《し》み入るもの

眼《まなこ》を開き
心を開きさえすれば
あなたの内に満ちてくる

重い蹉跌《さてつ》を振り解《ほど》き
闇を突き抜ける希望そのもの

神理は力
神理は光なり

九六一二

神理の光は途絶《とだ》えることがなく

畢生《ひっせい》の願いを受け継ぐ魂には
転生《てんしょう》に通じる
共振の波動が流れている

累世《るいせ》の悲願に応える魂には
時代を超えた
永遠の神理が満ち溢れている

神理の光は
途絶えることがなく
とどまることがない

九七〇五

イデアの世界

形あるものと関わりながら
その奥に広がる次元に導かれる

目に見えるものと対話することで
その背後を辿《たど》る軌道《きどう》に誘われる

われわれは
永遠を旅するもの

われわれは
不壊《ふえ》のまどいに根ざすもの

現象を通じて
イデアの世界を
生きることができる

九八〇九

いのちの軌道

暑さ寒さを超えて
自らを生きる者だから
一草一木《いっそういちもく》にさえ
目に見えぬいのちの軌道が拓《ひら》かれている

限りなき時と場の痛みを超えて
自らを生きる人間なれば
その道は底知れぬ深みへと辿《たど》る

世に隠れるほどにあらわれ
顧《かえり》みられぬほどに意味をもつ
決定的目覚めへのひそやかな道
永遠なる眺めへのただひとつの道

そこに至る闇がいかに深くても
その道のりがいかに遠くても
人は
この深みに向かって
充《み》てる時に向かって
歩まなければならない

知られざるものの声　一九八九　九―十※

成聖《せいせい》の花

未明《みめい》
霊気《れいき》にみちた闇の中で
私は足音を聴く

重すぎる運命に身を任せながら
まごころを守る人たちがいる
棘《とげ》の海のようなこの世界の
苦難を引き受けた人たちが往く

その足跡《あしあと》に
ひそやかに咲く
成聖の花

誰もまだ
深い眠りにある頃

私はこの世のものと思われぬ
気高い花の香《か》に導かれる

道　一九九三　九―十

第十章　宇宙からの呼びかけ

現在の宇宙には、今もなお開闢《かいびゃく》の爆発の音が響いていると言われます。今という一瞬に同時に永遠の時が響いている――。何と示唆《しさ》的な事実でしょうか。私たち自身が、二度と巡りこない現在の瞬間を呼吸すると同時に、始まりも終わりも超越した永遠の時を生きて、宇宙と一つとなっていることを謳《うた》っているのです。

私たちは言葉の真の意味で、「宇宙の子」です。

宇宙の原初の閃光《せんこう》と共に、光と物質の闘いが始まりました。その中から、析出《せきしゅつ》湧出《ゆうしゅつ》し、転移《てんい》した元素の一つひとつ、それらが融合安定した物質の一つひとつが、私たちの体の中に流れ込んでいます。悠久《ゆうきゅう》の時をかけて、精錬《せいれん》された神秘の造形《ぞうけい》が私たちの肉体です。そして、宇宙の変化と進化の歩み、光と闇の相克《そうこく》の歴史、人類の絶え間ない解決と創造の営み、そのエネルギーのすべてが私たちの精神に流れ込んでいます。

一見宇宙とは何の関わりもなく存在しているように思える私たちの存在は、まさに宇宙と切り離すことができないものなのです。まず何よりも、私たち一人ひとりが、日常的な世界にありながら、同時にこの限りない広さと深さをもった宇宙そのものの中にあることを想ってください。

私たちが気づこうと気づくまいと私たちは宇宙と共に歩み、何よりも宇宙とつながっている――。宇宙の意志とつながり、宇宙の叡智《えいち》とつながっているのです。つまり、私たちは宇宙の進化と一つであり、人間の歴史の深化は私たちの外にあるのではなく、私たち自身の内なる深化の歩みに他ならない――。

そればかりか、宇宙はその進化を私たち人間に託《たく》しています。人間がいることで、宇宙は自らを凝視《ぎょうし》し、その全体を受けとめることができます。その状態を受けとめて新たな現実を生み出すことができるのです。

あなたの日一日の生活、人生はそのようなつながりに支えられ、そのつながりの中に営まれているものです。それだけに、一人ひとりの現実にもたらされる喜びと悲しみには、一切の源《みなもと》であると同時に一切自体である宇宙から、常に呼びかけが届いていることを忘れないでいただきたいのです。

宇宙は人間と響き合い、応え合うことを元《はじめ》から願って、私たち一人ひとりを送り出している――。そのように受けとめるところから、あなた自身の現実は大きな変貌《へんぼう》を遂《と》げてゆくのです。

真理に従えば力がある

ただ一つの道は
宇宙の意志を知ることである

人間の業《ごう》と闇が
いかに深くても
時代の危機の現実が
いかにあらわでも
その隘路《あいろ》を拓《ひら》く道がある

真理に逆らえば何の力もなく
真理に従えば力がある

ただ一つの道は
真理が示す
宇宙の意志を知ることである

千年の風　一九九六　七―八※

見えない世界と共に歩む

未生《みしょう》の魂との響働《きょうどう》と＊7
逝《ゆ》ける魂との再会を心に
あらゆる次元の救いを求め
見えない世界と共に歩む

永遠の生命への
霊的な出発

人間の使命《しめい》への
霊的な出発

九一〇三

天上の波動に己れを合わせよ

知られざる声を聴《き》け
隠《かく》れたる光を見よ

あらゆる存在は
宇宙の響きを体《たい》し
あらゆる時と場は
神の声そのものである

天上の波動に己れを合わせよ
世界は今　浄化《じょうか》の過程にある

九一〇四

自由への飛翔《ひしょう》

土地に束縛《そくばく》され
時代に埋《う》め込まれてしまう
人生の重さと哀しみ

そこからの真の脱出
自由への飛翔《ひしょう》は
神理に根ざした
第二の基盤《きばん》*8による他はない

九四〇五

永遠に根ざす生き方

永遠に根ざす生き方を求め
魂としての思念《しねん》と行動を現わす
あらゆるものごとの源流《げんりゅう》に遡《さかのぼ》り
常に中心を確かにしてゆく

それは
すべての人生を支え得る
共通の指針

九四〇七

「時」の呼びかけを聴く

日々に繰り返される
六道《ろくどう》の末路《まつろ》を悟り
一喜《いっき》一憂《いちゆう》の回路を離れて
「時」の呼びかけを聴く

神理の力による変貌《へんぼう》
それ自体が
三次元から高次元への深化
生の次元の飛躍《ひやく》である

九四一二

宇宙に共振するとき

世界を愛してほしい
世界に応えてほしい

神理に従い
宇宙に共振するとき
あなたは
混迷の時代を切り拓《ひら》く鍵《かぎ》を手にする
現実の隘路を転換する扉《とびら》を開く

計り知れない転換と
思いも寄らない深化が
あなたの許《もと》にある

九六〇五※

その呼び声はすでに届いている

理想と現実の間に
道をつけるために
人は絶えず
闘わなければならない
神意《しんい》と人意《じんい》の間に
橋を架《か》けるために
人は弛《たゆ》まず
試みなければならない

来たるべき時代が
遠く
願われる世界が
儚《はかな》くても
その呼び声は

すでに届いている

九七〇八

所以《ゆえん》を明かす声

耳を傾けよう
心には
あなたがあなたでなければならない
所以を明かす声が響いている

内を見つめよう
心には
あなたがあなたになるための
ただひとつの道が開かれている

九八〇一

宇宙と響き合う

自分を知ることは
雑多な想いを選《え》り分けて
一つの願いに生きることである

自分を信じることは
たくさんの飾りを忘れ去って
無所有《むしょゆう》の原点に立つことである

そこに
宇宙と響き合う
人間の純粋な本質がある

九八〇二※

あるべきようは[*9]

一瞬一秒
あるべきようは　と問いかける
欲心《よくしん》を離れて
願いを見出すために

いかなる時と場にも
あるべきようは　と探し求める
現実と向かい合い
心の声と対話して

それが一切の道の
始まりであり　すべてである

九八〇四※

必然と切実

今でなければならず
そうでなければならない
「必然」をあなたは生きているか

一時も心を離れず
誰にも任せられない
「切実」をあなたは抱いているか

世界を変える一人ひとりの真実——

新しい時代の声は
あなたの内に響く
新しい世界の光は
あなたの許《もと》に届く

九九〇一

無量《むりょう》の絆《きずな》を見よ

遥《はる》かな時を想え

次々に出来事に追われ
振り回されていても
その日一日に
未生《みしょう》未見《みけん》の過去未来が
語りかけている

果てしない彼方《かなた》を想え

目先の現実に呑《の》み込まれ
自分のことに埋没《まいぼつ》していても
その事一事《いちじ》に
広大《こうだい》無辺《むへん》の宇宙が
働きかけている

「今」をつくる
千年の願いと悔いを知れ
あなた自身に
無量《むりょう》の絆を見よ

埋火《うずみび》　一九九九　三—四

第十一章　愛と信仰の道

豊かさによって多くの生き方の選択肢《せんたくし》を与えられた現代の中で、本当の意味の宗教性を深める生き方が求められていることを痛感します。いくつもの横並びの輝きを欲することから、一すじに奥に奥に向かって、大切なものを探し求めてゆく生き方が求められているように思えてなりません。

ここでの「宗教性」とは、大きな意味で自分と世界とが一つにつながっていることを感じる感覚のことであり、そのつながりの証《あかし》である「愛」が引き出されてゆく本質のことです。「世界に対する信頼」が深まり、「存在に対する畏敬《いけい》の念」を引き出され、そして「時に対する必然の感覚」が育まれてゆく。そうした生き方こそ、これからの私たちが求めてゆかなければならないものであると思うのです。

そして、私たちの信仰の道のりとはまさに、こうした感覚を大切に育てながらの歩みに他なりません。一すじに神の存在に向かってゆく歩みは、同時に世界に対する本当の信頼を取り戻す歩みであり、家族、友人や知人あるいは見知らぬ一人ひとりの存在を大切に受けとめる畏敬の念を甦《よみがえ》らせ、その時その時への呼びかけを真剣に聴き取ろうとする歩みそのものです。またそうでなければなりません。

その道は、それとは気づかない遙《はる》か遠くから始まっています。神の存在など信じないという人があっても、すでにその態度がこの道の途上のものなのです。まっすぐに率直に突き進んでゆく歩みも真実ならば、神理に対する反感や疑問も、迷ったり立ち止まったりすることもすでに、その歩みの中にあることです。幾度つまずこうと、その度に確かめ、そして助けられながら、私たちは信仰の道のりを深めてゆきます。その道すがら、私たちは自らの中に確かに蔵《ぞう》された宗教性——神とのつながりに目覚めてゆくことができるのです。

つまり、日々の生活に訪れるどのような出来事、どのような出会いも、信仰の道のりにとっては、かけがえのない糧《かて》であるということです。そして、そのように受けとめることから信仰を抱く魂は、自らに光を注ぐのです。

ただ生きるためならば、かつてに比較して比べものにならないくらい生きやすく、差別や理《り》不《ふ》尽《じん》な出来事もずっと少なくなった現代です。けれども、「この生き方を」と本当に思える道を歩んでいる人がどれほどあるでしょうか。「時」はあなた自身の魂の歩みを問うています。

内なる自己を信じよう

測り知れぬ渇愛《かつあい》
けれども私は
人間を信じよう

途絶《とだ》えることのない矛盾《むじゅん》
けれども私は
人々の共同体を信じよう

一切の受難《じゅなん》に対する沈黙
けれども私は
地球生命体を信じよう

永遠なる未完《みかん》
けれども私は
内なる自己を信じよう

八五〇四

光を信じて証《あか》しする

他をゆるす人が自らをゆるし
自らをゆるす人が他をゆるす

自らが知らない自分
人間のうちには
暗い煩悩《ぼんのう》が渦《うず》まいている
しかしまた
聖者《せいじゃ》にも劣らない
願いと祈りが息づいているのである

煩悩を抱いて歩もう
闇を認めつつそれに流されず
光を信じて証しする
この一日が菩薩道《ぼさつどう》なのである

ゆるしとは正当化ではない
表面の肯定でもない
闇を認めつつそのすがたに耐えつつ
内なる光を大切にすることである

八七〇一※

闘い

誤った信念を手放す戸惑いは
住み慣れた国を離れるに等しく
自我を砕《くだ》く闘いは
時に身を裂《さ》かれるよりもつらい

しかし
新しい人は
その不安の中で受胎《じゅたい》する
新しい魂は
その闘いの中で光を増すのである

九四一一

気配《けはい》が違う

何が真実で　何が真実でないか
何が本物で　何が本物でないか
一瞬のうちにすべてわかる

気配がちがう
力がちがう
深さがちがう
光がちがう

だから
念々《ねんねん》怠《おこた》らず自らを鍛えておこう
日々忘れずに己れを磨いてゆこう

創世　一九九五　七－八※

ただ一度だけ

一度だけ
ただ一度だけ
光の溢《あふ》れに出会えばよい
一度だけ
ただ一度だけ
愛の奔流《ほんりゅう》に触れればよい

世界の本当の広がりを知ったとき
人は罪と訣別《けつべつ》する
世界の本当の深さを知ったとき
自ずから人は癒《いや》される

創世一九九五　九－十※

愛するがゆえに

安楽《あんらく》だからと眠ってはいけない
皆同じだからと流されてはいけない
時勢だからとあきらめてはいけない

愛するがゆえに
傲《おご》りを離れ
虚栄《きょえい》を捨て
野心を砕いて
自らの生まれ変わりを果たせ

愛するがゆえに
前提を問い
常識を覆《くつが》えし
偏見《へんけん》を砕いて
虚《むな》しき豊饒《ほうじょう》の偶像と闘い続けよ

行きつけるところまで進み
あとは無心に
托身《たくしん》する祈りの徒《と》となれ

人は闘わずには生きてゆけない
そして愛さずには

知られざるものの声　一九八九　七－八※

愛することによって

愛とは全《まった》き道である

愛することによって
人は成りゆく
対象を愛することで
人は自らを育む

真実に愛することの中に
すべての解答があらわれる

八九 一二

永遠の花が咲く

何という強さだろう
信を抱き
愛を与え
我《われ》を忘れて生きることは

何という美しさだろう
自らをむなしくした
托身《たくしん》する
言葉と行ないとは

仮泊《かはく》の生命の
この一瞬に
亡《ほろ》びることのない
永遠の花が咲く

讃歌《アリア》 一九九〇 九—十

神の波動に托身する

ただひとつの
祈りのみちを拓《ひら》く
神の波動に托身する
こころのみちを拓く

祈りとは
使命《しめい》を射《い》抜《ぬ》く矢であり
魂を守る砦《とりで》である

九一〇五

信じたときに見えてくる世界がある

信念の限界が経験の限界である
信頼の限界が理解の限界である

信じたときに見えてくる世界がある
信じたときに人の神性《しんせい》は現われる
信じたときに新しい現実が起こるのである

人生の深さを決めるのは自らの心

人間の本当の可能性は
信じなければ開かない扉《とびら》を
幾重《いくえ》にも通り抜けた先にある

九一〇七※

托身《たくしん》

托身する響き合いが
世界を輝かす

托身とは人任せのことではない
自らの限りを尽くした上で
その先を
他に委《ゆだ》ねずにはいられない心である
一人ひとりが輝く世界を
信じずにはいられない心である

托身が起こるのは
すべてを引き受けた上で
自分にはなし得ぬことがあると悟るとき
いかに受け入れがたくても
それをあきらかに見るとき

九一一一※

祈り

一期《いちご》一会《いちえ》の出会いに
心を尽くし
一瞬一秒の呼びかけに
托身する

祈りとしての
一日一日

九三〇四

最後の問いかけ

はかなきものは
消えゆくはかなさに
不壊《ふえ》なるものを運ぶ

涙のように結晶する言葉も
忘れ得ぬ出会いの事件も
現象の次元を離れて生まれる

自らの知識や体験に固執《こしつ》するとき
人はこの世の虜《とりこ》に過ぎない

いつでも
最後の問いかけは
自らを超える存在《もの》への托身

人は
信ずる道によってのみ
底知れぬ霊の深みへ飛翔《ひしょう》する

道　一九九三　五―六

永遠の光の中に翔《と》び立つ道

信ずることは
自らを砕いて
大いなるまなざしに
委ねること

その道は
自らに死んで
自らに生まれる道である

現象　仮泊《かはく》の地平から
永遠の光の中に
翔び立つ道である

九三〇九※

内なる魂を信じる

内なる光を信じることは
すべての現実
一切の苦楽《くらく》を
引き受けることである

内なる魂を信じることは
赤心《せきしん》の想い
虚飾《きょしょく》のない自己から
出発することである

九四〇一

隠《かく》れて尽くすほどに

心に愛を満たす人は
ただそのままで愛を与える
心に光を満たす人は
自然に周囲を照らしている

隠れて尽くすほどに
内なる徳《とく》は輝きまさり
魂をますます深みに導いてゆく

九五〇一

内なる光を信じることから

内なる光を信じることから
外なる世界が変わってゆく

深く深く刻まれた
イデアの記憶を
呼び出すことによって
道が開かれてゆく

空《くう》の次元は色《しき》の次元に交錯《こうさく》し
内なる世界と外なる世界は
一つに結びついている

九六一〇

探しはじめよう　祈りとともに

探しはじめよう
祈りとともに

天に輝く星々のように
一人ひとりの直観が
われわれの灯火《ともしび》である

未来は何も明らかではない
しかし　闇夜は希望に燃え
時は充《み》ちている

探しはじめよう
祈りとともに

悲しみのきわみに
苦しみのきわみに
射《さ》す光を
開く道を

光跡　一九九七　十一－十二※

一人ひとりの信がその始まり

覆《おお》われる時代
埋《うず》もれる世界

それでも私は心に刻む

もし　内なる不滅への
持続する信頼を失うなら
人は生きてゆくことはできないのだ

それでも私は胸に秘める

もし　外なる世界を
信じる力が持てないなら
現実に応えることなどできないのだ

危機には必ず生まれ出るものがある
一人ひとりの信がその始まりである

埋火《うずみび》　一九九九　十一―十二※

第十二章　新しい宣言

新しい歩みの「始まり」には、一切の可能性が託《たく》されています。

「一年の計《けい》は元旦にあり」との言葉があるのは、私たちの社会が「始まり」に対する真摯《しんし》な、そして誠実な態度を保ってきたことの証《あかし》でしょう。毎年正月の初詣《はつもうで》に何百万人もの人出があることもその「始まり」を尊ぶ習慣と結びついているものです。

しろかきを終えた田圃《たんぼ》や、耕され播《ま》かれる種を待つばかりの畑のすがたには、これから繰り広げられる様々な出来事を含めて一年の喜びと悲しみがすでに内包されています。建設のために鍬《くわ》入れの神事《しんじ》を待つ土地には、それからの物語が予告されます。

「始まり」には、一切の未来、一切の起承転結《きしょうてんけつ》が包含《ほうがん》されています。そしていかなる大事業でも、「始まり」の一歩、小さな「始まり」から導き出されたという原則を私たちは深く刻印すべきです。

大いなる変貌《へんぼう》を遂《と》げた二十世紀——。その中で、人間が極めた生き方は、内を軽視し外だけを変えようとする生き方です。それは矛盾《むじゅん》が生じ、問題が起こっても自らの中に原因を見出し振り返ろうとはしない。決して自分自身を変えず、事態の責任を外に押しつける生き方でした。内外《うちそと》（＝自分と事態）を切り離したその歩みからは、多くの物質的発展がもたらされましたが、同時にこれまでになかった新たな問題が山積《さんせき》することにもなりました。歪《ひず》みを一方的に自然に押し付けた環境の破壊や汚染は、その顕著な一例です。

二十一世紀を創るのはその生き方ではあり得ません。私たちは、新しい時代には、内と外を結ぶ人間の本来の権能《けんのう》に基づいた「精神と現象の融合」を進めてゆかなければなりません。それは、内と外を切り離さず、事態の責任をまず自分に引き寄せることから始まる生き方です。

その新しい生き方の宣言は、このように表わすことができるでしょう。

「私が変わります。その私が世界と新しい関係をつくります」――それは、「私は変わりません。世界の側だけ変わってください」という古い生き方との訣別《けつべつ》です。

この宣言を生きるのは、何よりもまず、私たち一人ひとりでなければなりません。自分と家族、自分と仕事、自分と社会の関わりにおいて、「私が変わります」を実践し貫《つらぬ》くことができるかどうか――。それが問われています。そして、そのような一人ひとりの宣言、一人ひとりの「始まり」こそが、時代を創り、世界を創る大いなる「始まり」となるのです。

千年の風

長い夢から醒《さ》めて
時は熟し
新しい時代の祈りが響く

時を巡《めぐ》って
織《お》りなされる広がりの世界が
そのまま
永遠への道の如《ごと》くなりますように

人々が
自らのすべての重さを
世界に托《たく》して
霊的飛翔《ひしょう》を果たせますように

どこかに必ず
その心を知る人たちがいる
その声を受け継ぐ人たちがある

予感に満ちた時代の夜明け
千年の風が走る

千年の風　一九九六　一―二※

目覚めよ　眠れる魂よ

横たわる魂よ

九〇〇三

悠久《ゆうきゅう》の時を知り
無尽《むじん》の意味に応える
汝《なんじ》の時代が来た

刻々に托身《たくしん》し
反芻《はんすう》の輪廻《りんね》を重ねる
汝の時代が来た

明晰《めいせき》と神秘に通じ
愛と智慧《ちえ》の小径《こみち》を往《ゆ》く
汝の時代が来た

目覚めよ
眠れる魂よ
立ち上がれ

新しき人よ　今あらわれ出よ

新しき人を待ちのぞむ
いのちを受け
智慧を受け
現世《うつしよ》と常世《とこしよ》を生き通す魂を

目ざめよ　新しき人よ
人びとを癒《いや》す愛にみち
人びとを照らす光にみち
不壊《ふえ》の絆《きずな》に結ばれる魂よ

生命の河と
魂の系譜《けいふ》が
脈々《みやくみやく》と流れ
累々《るいるい》と重ねられ
その伝承《でんしょう》の果てに

あなたは生まれてきた
あらゆる人のうちなる
新しき人よ
今　あらわれ出でよ

祈りのみち　一九八六　一―二※

決して帰り来ぬ瞬間《とき》に

これからは
生活の底だけにあらわれる
魂の軌跡《きせき》を見つめていよう
そしてこう問いかけることを忘れない
お前は一体
どこを彷徨《さまよ》っているのか
お前は何にとどまり
何を求めているのか

決して帰り来ぬ瞬間《とき》に
一つひとつ
思いがけず開かれる自由が
大切に孕《はら》まれている

八四〇二※

今日の生命《いのち》は今日のもの

限りある一日にも
世界の全体と
人生の全体は反映し
この場所からすべては縁起《えんぎ》されてゆく

今日の生命《いのち》は今日のもの
いきいきと生きよう
怯《おび》えることなどやめてしまい
驕《おご》ることなど忘れてしまい
果てしない時の流れを抱いて
現在《いま》この一点に生きてゆこう

八四〇八

「今ここ」を慈場《じば》と化すこと

すべてが大切な時
常に
心を尽くしておきなさい
悔いはいつ生ずるかわからない

自らの全身全霊《ぜんしんぜんれい》をもって
あるときは
ひたすらに
静かに観《かん》じ見守り続け
あるときは
あくまでも
前進し突入して関わり合い
「今ここ」を慈場と化すこと

八四〇九※

自分のみちを歩いて往こう

万世《ばんせい》の歴史も一瞬時《いっしゅんじ》の堆積《たいせき》であり
荘厳《そうごん》の建築も一塊石《いっかいせき》の集積である

執《しゅう》することなく
飽《あ》きることなく
ひとりのみちをたずねて往《ゆ》こう
自分のみちを歩いて往こう

すべてのものが
近づいてくる
樹々も山も
花も鳥も
遠い空までもひとつになって
このこころに応えてくれる

八七〇三

具現と人生深耕《しんこう》の王道

平凡な行為でも
人は何かの助けを借りている
助力なしには　いかなることも
独りで成し遂《と》げることはできない

すべては
全知全能の神
大《だい》悲《ひ》大《だい》智《ち》の仏
宇宙全体との響働《きょうどう》*7にほかならない

だからこそ
自らが自らに成るために
人々が人間と成りゆくために
あらゆる存在が光り輝くために
神仏に全托《ぜんたく》せよ

願いを強く刻印せよ
一歩ずつの精進《しょうじん》をつづけよ
ときと場の意味とはたらきを味わいつくせ
それが具現と人生深耕の王道である

八七〇四

まず歩めよ

まず歩めよ
戒定慧《かいじょうえ》＊10の精進を怠《おこた》ることなく
まず尽くせよ
まごころの光をもって

大いなる信の確立は
行による証《あかし》を必要とする
災《わざわ》いや少しの挫折《ざせつ》に
揺らぐことのないように
誘惑や少しの安楽に
退転《たいてん》することのないように

わが魂に
この道の証《あかし》を
深く深く
刻んでおこう

八八〇六

「今」とは決断のとき

人は立ち止まる
左か右か
前か後か
それは理性が決定できることではない

人間の真実
自明《じめい》の理《り》に従おうと
常識を跳《と》び超えようと
人は同じように信じなければならない

人は生きるために
不確かさに賭《か》ける
偶然に必然を結ぶ

「今」とは決断のとき

八九一一

一歩を踏み出すこと

一歩を
踏み出すことが大切である
心境の変化を
想いの転換を
あらわすことが肝心《かんじん》である

たとえ小さな始まりでも
見えない縁起《えんぎ》は広がってゆく
人生と世界の
見えない軌道《きどう》を変えてゆく

九〇〇二

「私とは何か」この永遠の問いから始めよ

「私とは何か」
この永遠の問いから始めよ
出口のない危機と苦悩が
人間自身から生まれたことを知れ

今世界が呼びかけているのは
人格の深化

釈尊《ブッダ》のように目覚め
イエスのように応える
人間の誕生

九〇〇六※

神理の道の創造の原点

全《まった》き自由の心をもって
道なき地点に立つ

そこに降りて来るもの
魂への呼びかけを受けて
道なき道を歩むのである

未知と困難にこそ近づいて
新しい道のために
人々との響働《きょうどう》を尽くすのである

それが
神理の道の
創造の原点

九一〇一

道なき道を歩むとき

道なき道を歩むとき
本当の人生がはじまる
見えない壁が連続する
果てしない荒野《こうや》に踏み出すとき
人は
新しい魂を身ごもるのである

九二〇六※

一すじに求めよう

失われることのない光を
一すじに求めよう
壊《こわ》れることのない道を
一すじに歩んでゆこう

たとえ果てしない忍土《にんど》[*1]の中で
凍《こお》れる孤独に脅《おびや》かされ
燃えさかる業炎《ごうえん》に苛《さいな》まれても

この世界をつくる一人ひとりのうちに
すべてを愛する力が与えられ
神の心に応えるまごころが宿る

九三〇一

本心

深い心の声を聞き分け
心の底の想いをたずねよう

恐れと満足は「迷いの道」を選び
本心は「至福《しふく》の道」を拓《ひら》く

九四〇九

新たな身口意《しんくい》を営むこと

身に宿る業《カルマ》を
人は
予《あらかじ》め超えることはできない

その時
その場に
新たな身口意を営むこと
その時
その場に
超世《ちょうせ》の祈りを生きること

それが
宿命《しゅくめい》を使命《しめい》に転ずる自然《じねん》の法である

九五一〇

時の流れより速く

時の流れより速く
風の流れより強く
光の流れより広く

意志を立て
応え続ける

忍土を生きる秘訣《ひけつ》
崩壊の定《さだめ》＊11を破る法

九七〇九

内を見つめ　内と外をつなぐ

人間の決定的な深化
人生の大いなる変容《へんよう》は

日々
内を見つめ
内と外をつなぐ
歩みとともにある

その刻一刻《こくいっこく》の蓄積《ちくせき》が
魂に刻まれた後悔を
変わることのない切なる願いに
昇華《しょうか》結晶させてゆく

九八〇七

一切の事態を身に引き受ける

苦集《くしゅう》の総体《そうたい》*12の
滅《めつ》の総体*12への転換——

それは一人ひとりから
成就《じょうじゅ》される悲願《ひがん》

他を責め困難を避ける
自らを砕《くだ》いて
一切の事態を身に引き受ける
自己を確立するとき

「困《こん》」*13の渦《うず》から
「願《がん》」*13への道が現われる

九九〇四

「私たちが変わります」

「私たちが変わります」
それは
新しい生の宣言である

「その私たちが
世界と新しい関係をつくります」
それは
新しい共同体の宣言である

精神と現象という
二つの無限が共振する
新しい時代の宣言である

九九〇八

神の光を見出す

明日を見つめる人たち
その人たちに私は学ぼう
苦しみがすべてを生み
すべてを新しくするのを知る
その人たちと一緒に歩いてゆこう

鳥飛ぶすがた　花咲くすがた
人のほほえみ　人の涙
ことごとに
神の光を見出す
静かな毎日を重ねてゆこう

新しい生命《いのち》に生まれる世界は
苦難《くなん》の人たちと共にある
人間の歴史の重さを
わが身わが心に引き受ける
その人たちを探したずねてゆこう

魂の巡礼　一九九二　十一－十二

その時とはいつも「今」

その時でないと
開かない扉《とびら》がある
その時でないと
見えない道がある

だから
いつも待っていなければならない
いつも探していなければならない

一すじに生きる者にとって
その時とは
いつも「今」のことである

千年の風　一九九六　五―六※

編集部註

＊1　忍土《にんど》（30・31・33・43・126・209・211頁）　「堪《た》え忍ばなければならない場所」という意味で、仏教で言う苦しみに満ちたこの世、娑婆《しゃば》のことである（詳しくは、『希望の原理』155〜156頁参照）。

＊2　三つの「ち」（62・128頁）　人間が背負う宿命《しゅくめい》のことで、誰の人生にも不可避《ふかひ》に流れ込む三つの流れ――「血」「地」「知」を指す。「血」とは、血筋や血統を通して、両親・先祖から流れ込む肉体的、精神的条件。「地」とは、生まれた地域や土地から私たちに流れ込む価値観、風習、習慣。そして「知」とは、時代から流れ込んでくる知識、情報、価値観といった流れのことである（詳しくは、『希望の原理』113〜136頁参照）。

＊3　自業《じごう》（64頁）　その人が生まれてきた所以《ゆえん》、その人でなくては引き受けることのできない「いのち」の流れのこと。言い換えれば、誰もがその人でなければ果たせないかけがえのない「はたらき」をもっているということ。人はただ、偶然のように生まれてきた存在ではなく、一人ひとりには、生まれてきた意味と必然があるという人間観（詳しくは、『人間

の絆・自業編』祥伝社参照）。

＊4　一念三千（114頁）　私たちが、心に強く抱いた想い（念）が、世界・宇宙のあらゆる段階との間に三千の関わりを生じ、三千のはたらきを生じてゆくこと。すなわち、私たちの心は、念一つでどんな世界にも通ずることができ、その念は様々な世界に、様々な役割やはたらきを及ぼしてゆくということである。

＊5　指導原理（120・156頁）　宇宙に遍《あまね》く存在し、一切の存在を生かし、宇宙の意志と一つに響き合う方向へと導き続けている原理のこと。病や傷を癒し、切れた絆を結び直し、混乱を調和へと導いている（詳しくは、『レボリューション』71～73頁、『サイレント・コーリング』215～220頁、『グランドチャレンジ』161～162頁参照）。

＊6　色心束《しきしんそく》（128頁）　「色《しき》」とは、五感で捉えうる、色や形のある現実や物質の世界のことを示し、「心《しん》」とは、私たちの内界、色や形のない精神や心、魂の世界のことを指す。色心束とは、目に見えない心と、形に現われた色＝現実は、一つの束《たば》のように深くつながり、一つの実体として存在していることを示す（詳しくは、『グランドチャレンジ』115～138頁参

照）。

＊7　響動《きょうどう》（172・205・208頁）　宇宙の意志と響き合い働くこと、共鳴すること。あるいは、異なる個性を抱いた者同士が宇宙の意志に己の心を合わせ、協力し合ってゆくこと（詳しくは、『人間の絆・響働編』祥伝社、『ディスカバリー』234～242頁、『希望の原理』289～312頁、『グランドチャレンジ』38～39頁参照）。

＊8　基盤（173頁）　人は成長する過程で、両親や家系、地域、時代などから多大な影響を受け、ものの見方や考え方を形成してゆく。このように、生まれ育ちの中で人間の心の中につくられ、その人生を動かし続ける心の回路のことを、「基盤」という（詳しくは、『人間の絆・基盤編』祥伝社参照）。

＊9　あるべきようは（177頁）　そのもの本来のあり方を問いかける明恵《みょうえ》（鎌倉時代の僧。一一七三～一二三二）の言葉。明恵は「人は阿留辺幾夜宇和《あるべきようわ》と云う七文字を持つべきなり」と、生涯自らのあるべきよう、本来のあり方を問い続けた。この言葉は、まさに自業（註3）を示すものである（詳しくは、『明智の源流へ』181～183頁参照）。

＊10　戒定慧《かいじょうえ》（206頁）　三学《さんがく》ともいう。仏道修行者の必ず修学実践すべき根本の事柄。非を防ぎ、悪を止めるのを戒《かい》、思慮分別する意識を鎮《しず》めるのを定《じょう》、惑いを破り、真実を証するのを慧《え》という（『仏教語大辞典』〈東京書籍〉より）。

＊11　崩壊の定《さだめ》（211頁）　すべては崩壊への道を辿《たど》るという定であり、世界に存在するあらゆるものを貫く絶対法則である（詳しくは、『希望の原理』153～171頁参照）。

＊12　苦集《くしゅう》の総体《そうたい》、滅《めつ》の総体（212頁）　苦とは、「いま現われている現状」、集とは、「その現状を生み出している原因」であり、その総体とは、この世の様々な現実とそれを生み出している原因の一切を示す。滅の総体とは、私たちが「向かうべきヴィジョン、願いとする姿」のすべてを示している（詳しくは、『ディスカバリー』113～114頁参照）。

＊13　「困《こん》」、「願《がん》」（212頁）　「困」とは、私たちの周囲に広がる様々な問題――絶望、痛み、虚無、破壊、虚偽といった現実を指す。そして「願」とは、希望、歓び、志、創造、真実といった願いを指している。人間の尊厳とは、「困」の次元にある様々な問題を解決し、「願」の次元へと現実を創造してゆくことにあると言える。

年月	詩タイトル	本書頁
【1992】		
1	霊的な出発	92
2	神秘なる炎	44
3	新しい霊性の時代	139
5	見えない絆	72
6	道なき道を歩むとき	209
7	独自の力	111
8	極まる光闇	46
10	「その時」が訪れる	80
11	和解	76
12	魂を救う力	159
【1993】		
1	一すじに求めよう	209
2	信ずる道	160
4	祈り	190
5	世界を根底から支える次元	160
6	神はずっと待ち続けられている	161
7	神との対話	161
9	永遠の光の中に翔び立つ道	192
10	絆の海	77
11	永遠を知る遙かなまなざし	93
12	心の王国	106
【1994】		
1	内なる魂を信じる	192
2	神	162
3	内なる息吹き	120
4	限界の中でこそ人は永遠に触れる	44
5	自由への飛翔	173
6	人生を変える力	123
7	永遠に根ざす生き方	174
8	不滅の光	105
9	本心	210
10	地上に生きることを待ち望んだ魂たち	87
11	闘い	185
12	「時」の呼びかけを聴く	174
【1995】		
1	隠れて尽くすほどに	193
2	世界につながった魂の力	122
3	託される神意	163
5	確かなヴィジョン	120
7	光を世界に返すことができる	121
9	時の真理	125
10	新たな身口意を営むこと	210
11	伝承	141
12	宿命の光	57
【1996】		
2	すべてを条件として	90
3	癒しとは創造	49
4	現われる光	142
5	宇宙に共振するとき	175
6	歴史をつくる	123
7	本当の自立	62
8	重さを経験すること	43
9	忘れることのできない約束	91
10	内なる光を信じることから	193
12	神理は力	163
【1997】		
1	遠い記憶	91
2	歴史の試練	126
5	神理の光は途絶えることがなく	164
7	人間の叡智	121
8	その呼び声はすでに届いている	175
9	時の流れより速く	211
10	時代の衝動	125
【1998】		
1	所以を明かす声	176
2	宇宙と響き合う	177
3	必然	92
4	あるべきようは	177
5	魂の強さ	128
6	一人の開けが全体の開けとなる	80
7	内を見つめ　内と外をつなぐ	211
9	イデアの世界	164
11	託された使命	59
12	新たな深化	143
【1999】		
1	必然と切実	178
3	深淵	102
4	一切の事態を身に引き受ける	212
5	危機の本質	143
6	解決と創造の新しい次元	144
7	新しい色心束	128
8	「私たちが変わります」	212
9	魂の火	105

年月　詩タイトル　本書頁

9－10　歴史の奔流　135

11－12 一人ひとりの信がその始まり　195

【2000 未来紀元】

5－6　人間の光　人間の力　36

9－10　淵底の光　144

GLA

【1984】

2　決して帰り来ぬ瞬間に　203

4　調和への意志　108

7　共振する魂　108

8　今日の生命は今日のもの　203

9　「今ここ」を慈場と化すこと　204

10　有難き世界のすがた　155

12 自他を照らす光　107

【1985】

2　永遠のまどいを生きる　79

4　内なる自己を信じよう　184

5　何かをすれば何かが起こる　45

7　「今」　24

8　驚くべきものの実在　103

9　本当に大切ないのちはひとつ　59

10 無限の連打　48

【1986】

1　魂は思い出さなければならない　114

2　神とひとつになる場所　28

7　ただ念じて生きてみること　35

10 無限なる生命力の主人として　89

11 見えざるものとの対話　155

12 出会いによって人は新しく成る　70

【1987】

1　光を信じて証しする　184

2　願いと業　89

3　自分のみちを歩いて往こう　204

4　具現と人生深耕の王道　205

5　あなたしか生きることのできない「いのち」　60

6　天上的希求と地上的郷愁　110

7　光に向かう念　114

8　魂の悲願　109

9　光は内から輝く　122

10 「希望」があれば　33

11 根源の願い　88

12 二つの要求　63

年月　詩タイトル　本書頁

【1988】

1　静寂心　106

2　一心　107

6　まず歩めよ　206

7　人生は受けることから始まる　58

10 「人間」になりゆく道　61

12 自らをひらく　158

【1989】

1　愛を第一の動機として　137

3　痛みを通して開けは来たる　46

4　自由なる意思をもって　64

7　運命愛への出発　45

8　人生に無駄なことはない　56

9　人生の星座　56

10 痛みを通しての連帯　138

11 「今」とは決断のとき　207

12 愛することによって　188

【1990】

1　絶対音階　124

2　一歩を踏み出すこと　207

3　目覚めよ　眠れる魂よ　201

4　人生に託された意味　63

5　人はみな新しい自分を求めている　88

6　「私とは何か」この永遠の問いから始めよ　208

7　不思議の花　47

8　三つの河　111

9　神への道がはじまる　34

11 神さまからの手紙　57

12 道　49

【1991】

1　神理の道の創造の原点　208

2　つながりに目覚めてこそ　71

3　見えない世界と共に歩む　172

4　天上の波動に己れを合わせよ　173

5　神の波動に托身する　189

6　指導原理　156

7　信じたときに見えてくる世界がある　189

8　魂の光　79

9　永遠の大河　154

10 天来の響き　157

11 托身　190

12 癒しの原理　43

■出典一覧

年月	詩タイトル	本書頁
	カレンダー	
	【1984 祈りの造形】	
11-12	出会うために遠くからやって来たのに	70
	【1985 木霊の時】	
5-6	歩けるようになるために	21
7-8	見えないところで	32
9-10	苦しみは私を強くする風	20
	【1986 祈りのみち】	
1-2	新しき人よ 今あらわれ出よ	202
5-6	大地を踏みしめよ	27
7-8	大切なこころはひとつ	29
11-12	平凡な風景の中に	26
	【1987 大地の瞑想】	
1-2	自らに死んで自らに生まれよ	115
3-4	愛は多様をよろこぶ	75
7-8	どうして 驚き 怒り 祈らないのか	112
9-10	苦界に播かれた種たち	20
11-12	神不在のしるしではない	30
	【1988 存在の故郷】	
1-2	母なる海に向かって	73
3-4	狭くてもいい 小さくてもいい	23
5-6	永遠の旅人	100
7-8	真実の伝承	136
9-10	人生は神意の縁のめぐりあい	72
11-12	畢生の願い	86
	【1989 知られざるものの声】	
1-2	冬の光	42
5-6	不壊の出会い	78
7-8	愛するがゆえに	187
9-10	いのちの軌道	165
11-12	やがて来たるべき時代のために	134
	【1990 讃歌】	
1-2	秘められたものの開花	101
3-4	人生に目覚めるとき	22
5-6	ならばせめて	74
7-8	人間だから	77
9-10	永遠の花が咲く	188
11-12	闇に立ちのぼる祈り	137
	【1991 源流回帰】	
3-4	静謐な場所	103
7-8	われを叩け	113
11-12	弁別せよ	139
	【1992 魂の巡礼】	
1-2	約束の地	87
5-6	天上の美しさと地上の悲しみを	47
11-12	神の光を見出す	213
	【1993 道】	
1-2	根原の風	104
3-4	人間の本当の力	100
5-6	最後の問いかけ	191
7-8	ひとすじの道	162
9-10	成聖の花	166
11-12	歴史とは遙かなるもの	140
	【1994 約束】	
1-2	地上に降りし あまたの天使たちよ	90
3-4	火のように燃える時	112
7-8	忍土の定	33
9-10	深みにひらかれてゆくために	93
11-12	新しい国	141
	【1995 創世】	
1-2	地図にない国	147
3-4	本当の声	94
5-6	見えない軌道	145
7-8	気配が違う	186
9-10	ただ一度だけ	186
11-12	変わることのない物語	31
	【1996 千年の風】	
1-2	千年の風	200
5-6	その時とはいつも「今」	214
7-8	真理に従えば力がある	172
9-10	使命の物語	51
	【1997 光跡】	
1-2	微光	129
5-6	絶対の定	127
9-10	永遠の歴史	142
11-12	探しはじめよう 祈りとともに	194
	【1998 イデアの光】	
1-2	風は遠くから来る	154
5-6	中心	146
7-8	一つはある	157
9-10	川の流れ	25
11-12	新しい扉を開く鍵	50
	【1999 埋火】	
3-4	無量の絆を見よ	178

著者プロフィール

高橋佳子（たかはし　けいこ）

一九五六年、東京生まれ

現代文明が置き忘れてきた人間存在の「根」の次元、魂の次元に遡って、人間性と文明の恢復を訴える。

その水先案内のために、永遠の生命観を基としたトータルライフ（TL）人間学を提唱。そこに一貫する〝人間はきわみまでの光と闇を抱く〟というまなざしは、深い洞察と優しさに満ちている。

著者の説くトータルライフ（TL）人間学によって、宿命の呪縛から離れ、自らの使命に気づいて生きる人々が多数輩出している。現在、GLAをはじめとして、経営、医療など種々の団体の指導にあたるほか、精力的に執筆や講演活動に取り組んでいる。

著書に、『サイレント・コーリング』『祈りのみち』『天地有情』『天涙』『天の響《うた》地の物語』『永遠の生命』『FUTURE』『ディスカバリー』『レボリューション』『チャレンジ！』『希望の原理』『ワンダーランド』『グランドチャレンジ』『明智の源流へ』（以上、三宝出版）、『人間の絆』三部作（祥伝社）などがある。また、毎年、美しい自然の風景と共に著者の詩が掲載されたカレンダー（三宝出版）が発刊されている。

千年の風

二〇〇〇年三月　三　日　初版第一刷発行
二〇〇一年八月　三十日　初版第九刷発行
二〇〇七年九月　十　日　初版第十刷発行

著　者　高橋佳子
発行者　高橋一栄
発行所　三宝出版株式会社
〒一三〇－〇〇〇一
東京都墨田区吾妻橋一－一七－四　伊藤ビル
電話　〇三（三八二九）一〇二〇
http://www.sampoh.co.jp/
印刷所　三浦印刷株式会社

©KEIKO TAKAHASHI Printed in Japan 2000
ISBN978-4-87928-032-9

無断転載、無断複写を禁じます。
万一、落丁、乱丁があったときは、お取り替えいたします。

装幀・写真　三宅正志
表紙の書　加藤シオー